이오덕 말꽃모음

이 도서의 국립중앙도서관 출판시도서목록(CIP)은 e−CIP홈페이지(http://www.nl.go.kr/ecip)에서 이용하실 수 있습니다.

이오덕 말꽃모음

2014년 7월 15일 초판 1쇄 펴냄
2018년 1월 15일 초판 4쇄 펴냄

© 이정우, 2014

글쓴이 | 이오덕
엮은이 | 이주영
펴낸곳 | 도서출판 단비
펴낸이 | 김준연
편집 | 최유정
등록 | 2003년 3월 24일(제10-2603호)
주소 | 경기도 고양시 일산서구 일중로 30 505동 404호(일산동, 산들마을)
전화 | 02-322-0268
팩스 | 02-322-0271
전자우편 | rainwelcome@hanmail.net
ISBN 979-11-85099-21-7 03810

* 이 책의 내용 일부를 재사용하려면 저작권자와 도서출판 단비의 동의가 반드시 필요합니다.
* 책값은 뒤표지에 있습니다.
* 이 책 2쇄 인세부터는 '이오덕 어린이재단 추진위원회' 기금으로 적립합니다.

이오덕

말

꽃

모음

단비
danbi

일러두기

* 이오덕 선생님의 글은 출처 원문 그대로 사용하였으나,
  맞춤법은 지금 쓰이는 대로 따랐습니다.

* 책에 쓰인 그림들은 이오덕 선생님이 교사 시절 만드신 문집과 손수 손으로 써서
  펴내신 「우리 말 우리 글」 회보에서 골랐습니다.

* 본문의 출처는 책 뒤편의 색인에 밝혀두었습니다.

1

가난
놀이
일
교육

가난하게 살아야 한다

우리가 옳게 살려면 한 가지 각오해야 할 것이 있습니다. 그것은 가난하게 살아야 한다는 것입니다. 착하게 살고 정의롭게 살고 인간답게 사는 길은 지금 봐서는 가난하게 살아가는 것이라고 믿습니다.

가난한 삶, 즐거운 인생

우리가 죽으면 단 한 평도 못 되는 땅을 차지할 뿐입니다. 아니, 그 땅조차 내 것 네 것이 없이 되지요. 무엇 때문에 악착 같이 다투면서 재물을 모으기에 한평생을 버려야 하는가요? 먹고 입고 잠자는 데 필요한 최소한의 양식과 옷과 집이 있으면 그만입니다. 가난하게 살아갈 정신만 서있다면 조그만 땅으로 농사를 지으면서 얼마든지 자연과 인생을 즐길 수 있을 것입니다. 일하면서 가난하게 살아가는 사람들이 즐겁게 살아갈 수 있는 세상을 만들어야겠습니다.

³ 두 갈래의 사람

가난한 집에서 자라난 사람 가운데는 두 가지 갈래의 인간이 나온다. 그 하나는 자기와 같은 환경에서 자라난 사람에게 애정을 느끼고 그 사람들을 도와주려고 하는 사람이고, 다른 하나는 그런 사람들을 도리어 멸시하고 멀리하여, 그래서 자기는 그런 사람들과는 다른 사람이 된 것처럼 행세하는 사람이다. 말할 것도 없이 앞의 사람은 제정신을 든든하게 가진 사람, 사람다운 마음을 잃지 않은 사람이고, 뒤의 사람은 제정신을 팔아버린 사람, 사람답지 않은 비극의 길을 가는 사람이다.

아이들에게 삶을 주자

아이들에게 삶을 주자. 삶이 무엇인가? 놀이고 일이고 공부다. 놀이와 일과 공부가 하나로 된 활동이다. 아이들은 놀이와 일이 하나로 된 활동을 하면서 깨닫고 배운다. 방 안에 앉아서 책만 읽고 쓰고 외우는 것은 삶이 아니다. 참공부가 아니다. 그것은 어른들이 억지로 시킨 것이다. 아이들은 언제나 온몸을 움직이면서 자라난다. 아이들에게 삶이 없는 공부만을 강요하는 것은 아이들을 죽이는 짓이다.

놀이로 된 삶을 살자

우리 어른들은 아이들한테 배워야 한다. 사람은 누구든지 무슨 일이라도 자기가 하고 싶은 일을 즐겁게 할 때 행복하다. 슬기로운 창의력이란 것도 생겨난다. 하고 싶은 일을 즐겁게 하게 되면 그것은 노동이 아니고 놀이가 된다. 또 그것은 재미있는 공부가 된다. 일과 놀이와 공부가 하나로 되는 것이다. 우리 사람 사회의 모든 문제를 푸는 열쇠가 여기 있다. 사람은 누구든지 놀이로 된 어린아이들의 삶을 그대로 연장해서 죽을 때까지 살아가도록 하는 것이 가장 바람직하고, 따라서 교육의 목표도 방법도, 정치의 목표도 여기에 있어야 하는 것이다.

아이들은 놀면서 큰다

아기들은 잠자면서 크고, 좀 자란 아이들은 놀면서 큰다고 한다. 아이들에게 놀 권리를 주어야 한다. 집 안에서, 골목에서, 운동장에서, 산과 들에서 마음껏 뛰놀게 하자. 그렇게 뛰놀아 보지 못한 아이들이 어떻게 슬기가 발달하고, 몸과 마음이 튼튼하게 자라겠으며, 어떻게 부모형제를 사랑하고, 이웃과 마을과 이 땅의 산천이며 겨레를 사랑할 것인가?

노는 것이 배우는 것이다

아이들에게 '놀이'와 '일'이 아주 다른 것이 아닙니다. 또 놀이와 일이 같은 것이 되도록 해주어야 합니다. 아이들은 놀고 일하는 가운데서 재능이 싹트고, 창조력이 뻗어나고, 몸과 마음이 건강해집니다. 그러니 '놀이' '일' '공부' 이 세 가지가 하나로 되는 것이 참교육의 길입니다. 이런 삶의 교육을 해야 대학에 진학하더라도 학문을 바로 할 수 있고, 대학에 가지 않고 초등학교만 나와도 건강한 사람으로 보람 있게 살아갈 수 있습니다.

노는 것이 공부다

아이들에게 무엇을 자꾸 가르쳐주려고 하는 마음을 고쳐야 합니다. 아이들을 좀 풀어놓아서 놀게 해주십시오. 아이들은 놀면서 자라납니다. 아이들의 머릿속에 지식을 넣어주려고 하지 말고, 몸을 움직여 하는 '일'을 즐기게 해야 합니다. 교육이 진짜 교육이 되려면 놀이와 일을 통해서 모든 이치를 몸으로 배우고 깨닫도록 해야 합니다. 그러니 행위는 없고 가만히 앉아서 책만 읽고 쓰고 외우고 하는 학습은 교육이 될 수 없습니다. 왜 그런가 하면, 그런 교육은 아무리 오랫동안 받아도 아이들의 행동으로 나타나는 살아있는 지식이 되지 못하고, 도리어 아이들을 괴롭히고 그 마음을 병들게 하고 행동을 거짓스럽게 할 뿐이기 때문입니다.

논다는 것은 귀한 삶이다

아이들은 놀면서 공부를 한다. 아니, 노는 것이 공부고, 공부가 노는 것이다. 사람은 누구든지 학교에 들어가기 전인 예닐곱 살 때까지 집 안에서, 골목에서 뛰놀면서 제 어머니 나라의 말을 죄다 익힌다. 결단코 학교에 가서, 책을 배워서 말을 익히는 것이 아니라 즐겁게 뛰노는 동안에 몸으로 자연스럽게 익히는 것이다. 학교에 가서 책으로 익히는 것은 우리나라의 경우 도리어 우리말을 해치는 불순한 글말이고, 외국에서 들어온 잘못된 말이다.

이렇게 볼 때 놀기만 하면서 자라나는 그 어린아이들의 시기가 얼마나 소중한가. 논다는 것이 얼마나 귀한 삶인가를 깨닫게 된다. 아이들은 누구든지 노는 동안에 제 겨레 말을 어른들이 상상도 할 수 없을 만큼 놀라운 두뇌 활동을 하여 자연스럽게 익히는 천재가 된다.

일하지 않고는 살아갈 수 없다

　사람이 살아간다는 것은 일을 한다는 것이다. 사람은 일하지 않고 살아갈 수 없고, 일을 해야만 사람다운 마음을 가질 수 있다. 이것이 쓸데없는 책을 읽고 온갖 잡동사니 생각에 끌려다녀서 바보같이 되어있던 내가 비로소 깨달은 이치다.

11 몸으로 일해야 머리도 바로 쓴다

    교육이 정말 참사람을 키우는 교육이 되자면 아이들에게 몸으로 하는 일을 시켜야 한다. 몸으로 일을 해야 머리도 바로 쓰게 된다. 사람은 일을 해야 사물의 참모습을 알고 이치를 깨닫게 되며, 사람다운 감정을 가지게 되고 올바른 생각을 하게 된다. 즉, 사람은 일을 해야 사람이 된다는 말이다. 일을 하지 않고 가만히 앉아서 생각만 하거나 책을 읽고 지식을 받아들이기만 해서는 결코 건강한 사람이 될 수 없다. 더구나 아이들은 온몸을 움직이는 삶으로 자라나는 생명이 아닌가.

우리가 만일 이 땅에서 희망을 가지고 살아가려고 한다면 모든 사람이 일하는 사회를 만들어야 한다. 그리고 무엇보다도 아이들에게 일을 가르쳐야 한다. 아이들을 채찍질해서 점수 따기 경쟁을 시키는 짓을 곧 그만두고, 일하는 가운데서 공부하고, 일하는 것이 공부가 되도록 하고, 일하는 것이 즐거운 놀이가 되도록 하는 교육을 해야 한다. 그래야만 아이들은 사람다운 느낌과 생각을 가지게 되고, 사람다운 행동을 하면서 자라난다. 인간의 사회와 역사가 살아나도록 하는 길은 이것밖에 없다.

13 아이들 인권을 보장해주세요

지금 우리 아이들은 기본적으로 가지고 있는 인권마저 빼앗기고 짓밟히고 있다. 아이들이 충분한 잠을 잘 권리를 빼앗기고, 놀 시간을 빼앗기고, 사람답게 살아갈 공부를 할 권리를 빼앗겨있는 이런 마당에, 아이들 문제를 풀어가는 실천적인 노력은 조금도 하지 않고 그따위 헌장 같은 것이나 만들고 비석이나 만들어 세우려 하는 이 나라 어른들이 한없이 밉다.

¹⁴ 일하는 시를 씁시다

    살아간다는 것은 일한다는 것입니다. 공부도 가장 재미있고 즐겁고 보람 있는 공부는 만들고 가꾸고 짓고 하는 것, 곧 일하는 공부입니다.

    시가 삶에서 우러나오는 것이라면 마땅히 일하는 모습이 나타나고 일하는 기쁨을 보여주는 시가 많아야 할 것인데 사실은 일하는 시가 아주 드뭅니다. 드물다기보다 거의 없습니다. 어른들이 쓰는 시도 그렇고 어린이가 쓰는 시도 그렇지요. 이것은 우리들 사람이 사는 사회가 크게 잘못되어있고, 그래서 시가 잘못되어있는 사실을 말해줍니다.

아이들에게 삶을 주자

아이들에게 삶을 주자. 교과서 외워서 점수 따기를 경쟁으로 시키는 것은 삶이 아니다. 우리는 아이들 삶을 철저하게 빼앗아버렸다. 삶을 돌려주지 않고 교육을 할 수 없다. 삶이 없는 교육은 교육이 아니다. 거짓 교육이요, 생명을 억누르고 생명을 죽이는 교육이다.

삶이 무엇인가? 삶은 일하는 것이다. 일하기를 제쳐놓고 삶이 있을 수 없다. 이 세상의 모든 진리는 일을 하는 가운데, 그리고 일을 하고 나서야 비로소 얻을 수 있다.

일, 놀이 그리고 공부

사람이 살아가는 데 꼭 필요한 물건을 만들어내거나 사람이 올바르게 살아가는 데 반드시 해야 할 일을 하는 데서는, 누구든지 모두 저마다 하고 싶은 일을 맡아서 그것을 직업으로 삼아 즐겁게 일하면서, 한편으로 운동이나 노래나 춤 같은 것, 글쓰기 같은 것은 그런 일 속에서 함께하면서 누구든지 즐길 수 있어야 한다. 곧 일과 놀이와 공부가 하나로 된 삶을 즐기도록 해야 한다는 것이다. 학교의 교육부터 그렇게 해야 한다. 그렇게 하지 않고 일과 놀이와 공부가 따로 되고, 그것을 하는 사람조차 따로 있게 되면, 어떤 사람도 다 불행에서 벗어날 수 없다.

17 병신 만들기 교육

사람은 일을 하는 가운데서 세상의 모든 이치를, 사람다운 감정을 몸으로 배웁니다. 몸으로 익히게 하는 것, 이것이 진짜 교육이지요. 책을 읽고 머리로 배우기만 해서는 병신이 됩니다. 이런 병신은 병신 된 그 사람만 불행한 데 그치지 않고 사회에 그 해독을 아주 크게 퍼뜨립니다. 우리 교육은 온통 병신 인간만 만들어내고 있다고 보는데, 지나친 생각일까요?

일하는 것이 그렇게 부끄러운 건가요?

일하는 사람들의 구체적인 모습을 교과서에서 찾을 수 없다는 것, 일하면서 자라나는 농촌의 아이들이, 전혀 일이란 것을 모르고 있는 아이들의 얘기만을 교과서로 읽고 배워야 한다는 것, 이것은 무엇을 말하는가? 두말할 것도 없이 일하기를 천하게 여기고, 일하는 사람을 멸시하도록 가르치는 교육이 됨을 말한다. 일하는 아이들에게는 자신의 삶을 도리어 부끄럽게 여기도록 하여 그 삶에서 벗어나야겠다는 생각을 가지게 하고, 일하지 않는 아이들에게는 일하는 사람을 못난 사람, 한 계단 낮은 사람으로 여기게 한다. 사람의 자식을 가르치는 교육이 사람답지 않은 생각과 태도를 가지도록 하는 교육으로 되어버렸다. 도덕의 기초가 완전히 없어져버린 교육이 되었다.

놀이와 일과 공부

여러분은 공부하기를 좋아합니까? 일하기를 좋아합니까?

교실에서 청소하는 어린이들을 보면 아주 장난을 치면서 재미있게 합니다. 일을 놀이같이 하는 어린이들은 참으로 슬기롭고 훌륭하다는 생각이 듭니다. 놀이처럼 재미있게 할 수 있는 일, 놀이처럼 재미있게 할 수 있는 공부, 이렇게 되어야 사람에게 이로운 일이 되고 참공부가 됩니다.

그런데 어른들은 일을 괴로운 것으로 만들어놓았고, 그래서 일하기가 싫도록 해놓았어요. 어른들은 모두 바보입니다.

병든 교육에 짓눌려있는 아이들

무엇보다도 아이들에게 점수 따기 경쟁을 모질게 시키는 어른들이 한없이 미워지고, 병든 교육에 짓눌려 기를 못 펴고 있는 아이들이 가엾어 어찌할 수가 없습니다. 이제 초등학교에서는 저학년부터 차츰 시험 점수로 아이들을 평가하는 그 어리석은 짓을 그만둔다고 하니, 우리 아이들도 어깨를 펴고 자라나게 될까요? 그러나 점수 따기를 시키던 그 못된 버릇이 또 다른 모양으로 나타나, 가령 교육을 잘했다는 선전을 하기 위해 거짓스런 글 꾸며 만드는 짓을 지금까지보다 더 별나게 시켜서 아이들을 괴롭히고 그 마음을 병들게 하지 않을지 걱정입니다.

사람이 훌륭하게 되려면

사람이 훌륭하게 되려면 두 가지 아주 다른 방법의 공부를 해야 합니다. 그 하나는 책을 읽거나 남의 행동을 보고 자기가 갖지 못했던 새롭고 훌륭한 것을 발견했을 때 그것을 본받고 따르는 것이고, 다른 하나는 자기 속의 깨끗하고 바른 것, 자칫하면 남들에게 업신여김을 당하여 짓밟히기 쉬운 것을 아끼고 키우고 그것을 끝까지 지켜 나가는 태도입니다. 이 두 가지는 정반대가 된다고 할 수 있지만 두 가지 노력이 다 필요합니다.

아이들에게 글을 쓰게 하는 목적은 아이들의 삶을 참되게 가꾸어 사람다운 사람이 되게 하는 데 있다. 목적은 삶을 가꾸는 데 있고, 글을 쓰는 것은 이 목적을 이루는 수단이 된다.

글쓰기가 삶을 가꾸는 수단이 되어야 참글쓰기가 되고, 살아있는 글이 써진다. 삶을 떠난 글쓰기, 글을 위한 글쓰기 지도에서는 결코 살아있는 글이 써질 수 없으며, 거짓 글, 병든 글, 죽은 글만 쓰게 된다. 삶에 등을 돌리도록 하는 글쓰기는 속임수 교육이다.

교육은 진실을 찾게 하는 것

우리가 사는 사회에는 거짓이 가득하다. 이 거짓을 모른 척하고, 거짓이 없는 것처럼 엉뚱한 것만 가르친다면 바로 거짓을 가르치는 것이 된다. 더구나 거짓을 곱게 겉모양만 꾸며서 보여준다면 이런 속임수가 어찌 용서되겠는가.

교육은 진실을 찾게 하는 것이다. 진실을 찾는다는 것은 거짓을 꿰뚫어 본다는 것이다. 거짓을 꿰뚫어 보는 지혜와 능력을 기르지 않고 진실을 찾아 가지게 할 수 없다.

²⁴ 너무 일찍이 가르치려 마세요

　요즘은 부모들이 자식들에게 너무 일찍이 무엇을 가르치고 싶어 합니다. 어린이다운(사람다운) 행실이나 마음가짐을 가르친다면 좋겠는데, 학교에도 들어가기 전에 글자를 가르치려 하고, 무슨 지식을 머릿속에 넣어주고 싶어 하지요. 그래야 학교에 들어간 뒤에 공부를 잘하게 될 것이라 생각하는 모양입니다. 도시 사람들이 그러니까 농촌 사람들도 덩달아 따라가는데, 이런 풍조를 또 장사하는 사람들이 무슨 '조기 교육'이니 '지능 학습'이니 하여 온갖 교재를 만들어 선전해 팔면서 부추깁니다. 이것은 아이들 성품과 재질을 병들게 하는 아주 잘못된 교육이니 주의해야 합니다.

참민주 교육의 시작

　민주 교육은 교육을 보는 생각을 바꾸는 데에서 출발해야 한다. 교육은 정치를 하는 사람, 행정을 하는 사람들을 위해 하는 것이 아니고, 교육을 하는 교육자들을 위해서 하는 것도 아니다. 오직 아이들을 바르고 건강하게 키우기 위해서 하는 것이다. 이 너무나 옳고 환한 상식을 돌아보는 일부터 민주 교육은 시작된다. 그래서 지금까지 교육 체제가 행정인→교육자→어린이, 이렇게 내려오던 것을 거꾸로 어린이→교사→행정가, 이렇게 올라가는 체제로 바꾸어야 한다. 이것이 전제 교육에서 민주 교육으로 교육틀을 바꾸고 옮겨가는 기본 관점이다.

목숨 살리는 교육에 앞장서자

민주주의가 언론의 자유로 태어나듯이, 아이들이 사람답게 자라나게 하고 앞날의 모든 가능성을 열어주는 일-바로 아이들의 목숨이 피어나게 하는 일은 자유로운 표현을 가르치는 교육이다. 민주 교육도 표현 교육에서 출발할 수밖에 없다. 아이들의 목숨을 풀어놓아 주는 교육부터 앞장서서 하자. 그리고 모든 교사들이 목숨 살리는 교육을 하는 운동을 펴나가자. 목숨을 억누르는 야만인이 되느냐, 목숨을 지키고 키우는 영광스런 겨레의 교육자가 되느냐 하는 것은 모든 교육자들이 결정해야 할 엄숙한 과제다.

사람은 자연의 하나다

부모와 교사들은 아이들을 키우고 가르치는 일에서 자연을 해치는 어떤 조그만 행동도 하지 않도록 하는 것이, 사람의 자식을 사람으로 되게 하는 가장 큰 가르침으로 알아야 할 때가 왔다. 그리고 물질을 저 혼자 많이 가진다는 것이 조금도 행복한 삶이 아니란 것을 깨닫게 해야 한다. 나라 망치고 아이들 잡는 입신출세주의 교육 풍조에서 깨어나지 않고 우리가 살아날 수는 없다.

사람의 길은 사람이 만물의 영장이라고 착각하지 않는 것, 사람이 자연의 하나임을 깨닫고, 그 자연의 하나로 자연스럽게 살아가는 것이다.

통일과 교육

남북통일은 우리 겨레가 풀어야 할 가장 큰 과제다. 그러나
그 통일조차 아이들을 잊어버린 통일, 아이들 교육을 이 모양
이 꼴로 하고 있는 그대로 두는 통일이라면 나는 바라지 않는
다. 교육을 이대로 한다면 통일이 되어도 절망밖에 없다. 통일
이 안 되어 있더라도 사람 교육을 제대로 하게만 된다면 희망
이 있다. 아이들만 사람답게 키운다면, 우리 겨레의 아이들로
키운다면 통일은 저절로 된다고 나는 굳게 믿는다. 민주주의
고 통일이고 아이들을 잊어버린 채로는 아무것도 안 될 것이
고, 이를테면 그것이 되었다고 하더라도 가짜 민주고 가짜 통
일일 것이다.

교육을 모르는 어리석음

　지금 이 땅에서는 교육 문제로 너도나도 말을 하면서 온 나라가 들끓고 있다. 그런데 내가 보기로 우리 어른들이 교육에 대해 너무 모르고 있다. 도무지 교육이 될 수 없는 것을 교육이라 믿고 죽자 살자 그것을 밀고 가려는 사람들이 많다. 이래서 아이들이 여기저기 죽어가고, 청소년들은 어처구니없게 병들어 가도 그것이 잘못된 교육 때문이라고 보지 않으니 참으로 딱한 노릇이다. 교육을 제대로 모르는 어리석음이 사회를 덮고 있는 동안에는 민주고 복지고 통일이고 우리가 살아날 앞길은 조금도 트일 수 없다고 본다.

생명의 존엄함을 가르치는 일

아이들에게 생명이 존귀함을 가르치기란 그리 어려운 일은 아닙니다. 처음부터 아이들은 동정심이 있어 풀이고 나무고 벌레고 모든 자연을 자기와 같이 보고 대상을 인격체로 마주합니다. 동물은 말할 것도 없습니다. 그러한 아이들의 마음을 어른들이 짓밟아버릴 뿐입니다. 아이들에게 생명의 귀함을 가르치는 것은 이러한 풀과 벌레와 동물을 마주하는 일에서부터 해야 합니다. 사람의 목숨이 귀중함을 깨닫는 것도 아이들에게는 자기 집에서 기르는 강아지 한 마리, 고양이 한 마리가 어떻게 살아가는지 이해하고 그것들을 사랑해주는 태도에서부터 배우게 되는 것이 당연합니다.

귀하고 귀한 사랑

부모와 자식이 서로 아끼고 위하고, 형제끼리 서로 걱정해 주고 생각해주는 사랑은 누구나 가지고 있는 사랑이지요. 사랑 가운데서도 더욱 귀하고 값이 있는 사랑은 이웃 사람을 걱정하고, 남을 위하고 생각하는 사람입니다. 힘이 없는 아이, 몸이 불편한 아이, 가난한 아이, 공부를 못해서 따돌림받는 아이를 사랑하는 마음이야말로 훌륭한 사랑이지요. 나무를 사랑하고, 땅에 기어가는 조그만 벌레를 사랑하고, 자연을 사랑하는 마음도 모든 목숨을 아끼고 위하는 크나큰 사랑입니다.

대학을 나와서 무엇 하나?

대관절 대학을 나와서 모두 무엇을 하고 있는가? 취직을 못 해서, 대학원을 나와도 일자리가 없다고, 외국에 가서 또 무슨 학위를 따 와도 놀고 있기가 예사다. 내가 알기로 이런 실업자들을 가장 많이 구제해주는 곳이 온갖 과외 공부를 시키는 학원이다. 이래서 요즘 아이들은 유치원에서부터 책 읽기 공부로 영어 공부로 시달리는 판이 되었다. 어느 초등학교 1학년 아이는 과외를 열다섯 군데나 다닌다고 하는 말을 들었다. 이와 같이 잘못된 교육의 결과는 다시 또 더 잘못된 교육의 씨를 뿌리고, 이래서 우리 아이들의 불행은 끝없이 되풀이되고, 역사의 비극은 끊어질 줄 모른다.

왜 꼭 대학을 가야 하나

아이들을 일하면서 살아가는 평범한 시민으로 키워야 한
다. 대학을 안 가고, 고등학교조차 졸업하지 않아도 당당한
인간으로 살아갈 수 있게 하는 교육을 할 때 비로소 우리는
부모로서 교육자로서 할 일을 제대로 하는 것이다. 이렇게 되
면 아이들 교육비 때문에 쓸데없는 고통을 당하지 않게 될 터
이고, 아이들은 또 얼마나 즐겁게 사람 되는 공부를 할 것인
가.

우리의 희망, 우리의 축복

그렇다! 아이들은 언제나 새롭게 태어나는 것이 오직 하나 우리의 희망이다. 무지막지한 어머니들이 어린아이를 제 자식 이라고 혀를 수술해서 서양말 잘하는 사람으로 만들어 출세 의 길로 가도록 채찍질하기에 영혼을 팔아버린다고 하더라도, 이 땅을 지킬 아이는 그 다음에 다시 또 자꾸 태어나는 것이 니, 이것만이 우리에게 축복이다.

2

어린이
어린이 마음

동심이란 무엇인가?

첫째는 허욕이 없는 마음이다. 물질에 대한 소유욕은 근원
에서부터 어른의 것이다. 에고이즘은 인간의 본질이 아니며,
좀 자라난 어린이들의 이기주의는 어른들한테서 배운 것이다.
물욕을 갖지 않는 마음이 어린이의 마음이다.

둘째는 정직함이다. 어린이는 거짓이 없고 거짓스러운 꾸밈
을 하지 않는다. 속이고 꾸미는 것은 어른의 것이다. 순진하고
솔직하고 꾸미지 않고-이것이 어린이의 마음이요 어린이의
세계다.

셋째는 사람다운 감정이다. 어린이들은 동정심이 많다. 감
수성이 날카롭다. 동물뿐 아니라 풀이나 나무까지도 자기와
같은 몸으로 알고 그것이 밟히거나 꺾이는 것을 괴로워한다.

아이 어른

처음부터 아이들은 제 얼굴이나 옷 모양에 관심을 갖지 않습니다. 어떤 아이라도 다 그렇습니다. 그래서 아이들은 깨끗하다 하지요. 그런데 그런 아이들이 얼굴 모양에 남달리 관심을 가지게 되고, 머리는 어떻게 묶는 것이 어울린다느니 하는 것은 모두 어른들이 그렇게 만든 것입니다. 가정에서 부모들이 그런 태도로 살아가자니 아이가 안 따를 수 없습니다. 이래서 아이가 아이로 되지 못하고 '아이 어른'으로 되는 것입니다.

자연과 어울려 살아야

　자연은 사람 없이 살지만, 사람은 자연 없이 잠시도 살 수 없습니다. 그런데 사람은 자연을 자꾸 부수고 죽입니다. 그래서 사람이 살기 어려운 지구가 되어가고 있습니다. 이런 사정은 누구보다도 어린이들이 잘 알 것 같습니다. 어쩌다가 어른 흉내를 내는 어린이가 있기는 합니다만, 어린이는 본디 자연을 좋아하여 자연 속에서 살고 싶어 합니다. 풀과 나무와 이야기하고, 새와 벌레를 한 형제처럼 여깁니다. 어린이들이 쓴 시를 보면 사람도 자연이고, 그래서 사람은 자연과 어울려 살아야 착해지고 사람다워진다는 진리를 잘 깨닫게 해줍니다.

38 어린이답게 키우는 것이
사람답게 키우는 것이다

아이들은 어떤 아이라도 그 스스로 끝없이 자라나고 뻗어
나갈 재주와 힘을 그 몸속에 감추고 있습니다. 그런데 그런
아이들이 제대로 자라나지 못하는 것은 모두, 뻗어 나가려고
하는 그 싹을 어른들이 짓밟아버리거나, 비닐로 덮어씌워 숨
도 못 쉬게 하고 있기 때문입니다. 이것을 달리 말하면 아이
를 아이같이 기르지 않고 하루빨리 어른이 되도록 훈련을 시
키고 있다는 것입니다.

사회의 문제를 푸는 진리

　나는 오늘날 사람 사회의 온갖 엉클어진 문제를 푸는 아주 손쉬운 진리를 알고 있다. 그것은 바로 모든 사람이 즐겁게 일하는 사회를 만드는 것이다. 모두가 평생을 온 정성을 기울이며 즐겁게 일할 수 있는 그 일을 한 가지씩 찾아내게 하는 것이 교육 목표가 되어야 한다. 그래서 일과 놀이와 공부가 하나로 된 아이들 삶을 어른이 되어도 그대로 이어가고, 그래서 평생을 그렇게 살아간다면 지금까지 우리 사람들이 개인으로나 사회로나 안고 있던 모든 문제들이 시원스럽게 풀어진다. 일하는 것이 돈이나 이름 내기를 목표로 하는 것이 아니고, 공부하는 것이 점수 따기나 출세를 위한 것이 아니니 사람들은 서로 미워하지 않게 될 것이고, 빈부 격차고 노사문제고 다 풀어지고, 민주주의가 저절로 되니 자유를 억누르는 사람이 나올 수도 없다. 모두가 일을 하니 생산이 저절로 되어 경제 문제도 걱정할 것 없다.

장사꾼 어른들

　우리는 아이들에게 온갖 마구잡이로 된 먹이를 함부로 먹이고 있다. 그러면서 그것을 걱정하지도 않고 태연하다. 간혹 걱정하는 사람이 있으면 도리어 그 사람을 비난하고 몰아붙인다. 왜 우리끼리 잘하고 있는데 공연한 군소리 하느냐? 아이들 주는 대로 잘 받아먹고, 온갖 먹이가 잘도 팔리고 있는데, 어쩌자고 우리 장사하는 걸 방해하느냐 하면서 도리어 영업방해죄를 들먹인다. 모두 장사꾼이 되어버린 것이다.

아이들과 텔레비전

　모두가 알고 있듯이 아이들은 그릇된 교육에 짓눌려 자기의 삶을 잃어버렸다. 삶을 잃어버린 아이들은 텔레비전의 세계에서 자기를 찾아 가지려 하고 있다. 그래서 텔레비전은 삶을 잃어버린 아이들의 그 병든 삶을 '대신 표현'해주는 것으로 된다. 사람의 아이가 아니라 차라리 텔레비전의 아이가 되었다고 할까. 명랑동화, 명랑소설은 자본이 부려 움직이는 텔레비전에 빠져있는 이런 아이들에게 너무나 잘 영합해서 씌어진 이야기가 되어있다. 한마디로 달콤한 과자를 먹여주는 상품이다.

죽음의 길로 가는 아이들

오늘날 아이들은 자연을 잃어버린 공간에서 사람답지 않게 자라나고 있다. 이 땅의 아이들은 삶 자체를 빼앗겨버렸고, 삶을 아주 잃어버렸다. 그래서 착하고 바르게 자라나야 할 아이들이 악하게 자라나고 비뚤어지게 길러지고 있다. 자기 중심의 입신출세주의 교육은 아이들을 점수 쟁탈의 경쟁장으로 몰아넣어 서로 해치고 미워하게 하고, 돈과 권력을 숭배하게 하고, 정의와 진리 대신에 거짓과 속임수와 잔인한 행동만을 익히게 하고 있다. 이런 병든 교육의 구조는 학교에만 머무르지 않고 가정으로 사회로 번져가 우리 사회 전체를 반도덕 반민주 반인간 반생명의 방향으로-바로 죽음의 길로 달려가도록 하고 있다.

아이들이 죽어가고 있다

아이들이 죽어가고 있다. 스스로 목숨을 버리기도 하지만, 살아가는 것이 사실은 죽어가는 것이다. 먹어서는 안 되는 것을 먹고, 피워서는 안 되는 것을 피우고, 보아서는 안 되는 것을 보고, 배워서는 안 되는 것을 배우고, 거짓을 참이라, 참을 거짓이라 배우고, 그래서 돈과 권력과 향락만을 삶의 목표로 아는 괴상한 동물로 생태가 달라져가고 있다. 우리 것은 모조리 다 싫다고 팽개치고 덮어 감추고 남의 것 서양 것만 좋아라 반해서 미쳐 따라가는 반민족의 자식들로 자라고 있으니 이것은 틀림없이 죽어가는 것이다.

어른들은 아이들을 모조리 죽이고 있다. 바로바로 죽이고,
시들시들 시들어져 죽도록 하고, 넋이 빠진 허수아비로 살아
가게 하고, 이래서 이 땅에는 사람답게 자라나는 아이가 없
다. 지금이라도 어른들은 이 사실을 바로 보고 아이들 죽이는
짓을 그만두어야 한다. 그렇지 않으면 우리가 가는 앞길에는
오직 낭떠러지가 기다리고 있을 뿐이다.

아이들을 해치지 말아주세요

　아이들의 몸과 마음을 병들게 하는 것은 그 모두가 어른들의 짓이다. 어른들은 아이들을 위안물로 여겨서 장난감으로 삼고, 자신들의 불결한 욕망과 허영을 채우기 위한 수단으로 착각하고 있다. 그래서 아이들이 조금만 자라나면 닦달하고 훈련시키고, 서로 다투고 미워하고 해치도록 하여 그 어린이다움, 인간스러움을 없애고, 그 놀라운 창조의 싹을 여지없이 짓밟아버린다. 이것은 스스로 죽음을 서두르는 우리 겨레의 자살행위가 아니고 무엇인가?

누가 아이들을 죽이나?

아이들이 죽어가는 것은 누군가 아이들을 죽이는 것이다. 누가 아이들을 죽이나? 어른들이다. 모든 어른들이 아이들을 죽이고 있다. 이 시대에 살고 있는 어떤 어른도 아이들을 죽이는 범죄자가 되어있다. 그 가운데서도 가장 큰 책임을 져야 할 사람이 정치를 하는 사람이고, 그 다음으로 교육자와 부모, 그리고 언론기관에 있는 사람이다.

교육자에게 하고 싶은 말

교육자는 행정의 손발이 되어서는 안 된다. 교사는 교장을 쳐다보면서 교육해서는 안 되고, 교육장이나 교육감 위해 교단에 서는 것도 아니며, 장관이나 대통령 위해 교육하는 것도 물론 아니다. 이것도 누구에게나 환한 진리다. 그런데 이런 상식이 듣지 않는 것이 우리 교육계다. 내가 교육자들에게 할 말이 있다면 바로 교육자가 되어달라는 것뿐이다. 대충 시간을 때워 월급이나 받아먹고 살거나, 아이들 편에 서서 참교육을 하려는 정신을 끊임없이 다지지 않으면 자신도 모르게 죄를 짓게 되는 것이 교직이다. 요령과 수단으로 살아가는 교직자는 상 타고 표창 받고 높은 자리에도 올라갈지 모른다. 모범 공무원이 될 수도 있겠지. 그러나 아이들에게 앞으로도 씻을 수 없는 죄를 짓는 것만은 틀림없다.

사랑을 심어주는 교육이어야 한다

지금은 온 세계가 자연을 살리고 환경을 지켜야 사람이 살
수 있다고 해서 교육도 나라마다 그런 방향으로 나가고 있다.
자연을 살리는 교육은 숫자로 계산해서 할 수 있는 것이 아
니다. 숫자로 계산하는 것은 장사꾼들이 하는 짓이다. 한 마
리 벌레라도 그 목숨이 귀하다고 가르치는 일, 까닭 없이 나
무 한 그루를 베어 죽이는 짓은 죄악임을 깨닫게 하는 일, 이
런 사랑의 마음을 아이들에게 심어주지 않고서는 결코 사람
의 교육을 해낼 수는 없다.

자연, 그 모든 것

아이들에게 자연은 그 모든 것이다. 자연을 잃은 아이들은 모든 것을 잃은 것이다. 자연을 빼앗긴 아이들은 모든 것을 빼앗긴 것이다. 아이들에게 자연은 언제나 포근하게 안아주는 어머니가 된다. 절대로 속일 줄을 모르는 동무가 된다. 한없는 것을 일깨워주는 스승이 된다. 그리하여 사람의 머리로서는 부모고 교사고 도무지 해줄 수 없는 것까지도 해주어서 크나큰 은혜를 베풀어주는 위대한 그 무엇이 된다. 이런 자연을 우리가 짓밟고, 아이들한테서 자연을 빼앗고, 자연이 없는 방 안에 아이들을 가두어놓는다는 것은 얼마나 무섭고 비참하고 절망스러운 일인가!

누가 아이들을 병들게 하는가

　　아이들을 병들게 하는 못된 짓을 교육이란 이름으로 하는
것이 정치인에게만 책임이 있는 것이 아니다. 아무리 행정의
손아귀에서 벗어날 수 없다고 하지만 교원들도 책임이 있고,
부모들에게도 책임이 있다. 아이들의 생명을 끔찍하게 짓밟는
주범은 정치인이지만, 공범은 교육자요, 또 학부모다. 아무리
정치가 포악하더라도 교사와 부모가 힘을 모아 아이들 지키
는 일을 함께한다면, 정치의 포악함이 이렇게까지 모조리 아
이들에게 가지는 않을 것이다. 그런데, 지금까지 우리 교육을
보면 행정 하는 사람이고 가르치는 사람이고 부모고 할 것 없
이 모든 어른들이 야합해서 아이들 때려잡는 일에 미쳐왔다
는 생각을 아니 할 수 없다.

아이들이 미래다

지금 이 땅의 대다수 아이들은 어른들로부터 버림을 받고 있습니다. 이 아이들은 집에서고 학교에서고 설 자리를 잃고, 정치와 행정으로부터 따돌림받고, 법으로부터도 보호받지 못하고 있습니다. 그래서 하루하루 그 순진함을 짓밟혀버려서 비뚤어진 청소년이 되고, 병든 어른으로 자라납니다. 이 아이들의 꽉 막힌 앞길이 활짝 터져서 모두 자기가 가진 개성과 재질을 마음껏 나타내게 되고, 자유롭고 창조적인 삶을 살아갈 때 비로소 우리 사회는 밝게 되고, 민주가 되고, 평화가 오고 통일도 이뤄진다고 봅니다.

아이들이 숨 쉬게 해주세요

사람이 하고 싶은 말을 하고, 쓰고 싶은 글을 쓰는 것은 꼭 숨을 쉬는 것과 같습니다. 숨을 못 쉬게 하면 죽지요. 육체의 숨은 코로 쉬지만, 정신의 숨쉬기는 말과 글이라는 수단으로 합니다. 아이들이 숨을 쉬게 해야 합니다. 무엇이든지 머릿속에 집어넣어 주고, 받아 넣기만 하게 하고는, 마음속에 생겨난 것을 밖으로 내보내지 못하게 하면 아이들은 숨이 막혀 죽습니다. 죽어가는 아이들을 살려야 합니다.

아이들에게는 삶이 없다

　아이들에게 어째서 삶이 없나, 밥도 먹고 학교에도 가고 책
도 읽고 하지 않나 할는지 모릅니다. 그러나 삶이란 것은 자
기가 주체가 되어 하는 행동입니다. 지금 우리 아이들은 하루
종일 끌려다니기만 합니다. 학교로, 학원으로 끌려다니고, 교
과서로, 시험 문제로, 숙제로 주는 것은 받아서 죽자 살자 읽
고 쓰고 외우고 해야 하니까요. 텔레비전도 만화도 그저 죽는
것만 보고 웃고 즐기고 합니다. 도무지 자기 자신이 계획을 세
워서 몸으로 무엇을 해보는 행동이 없으니 삶이 있다고 할 수
없습니다. 삶을 잃고 삶을 빼앗긴 아이들은 날마다 틀에 박힌
꼭두각시 놀음을 되풀이할 뿐입니다.

우리가 살아나려면

우리가 살아나려면 우리말을 도로 찾아 가지지 않고는 절대로 안 된다. 문학이고 예술은 말할 것도 없고, 정치도 경제도 학문도 교육도 종교도 철학도, 무슨 무슨 운동도 우리말로 하지 않는 것은 다 우리 것이 아니고 가짜다. 엉망진창이 되어 있는 겨레의 말을 이제라도 우리는 땀투성이 피투성이가 되어 도로 찾아내어야 한다. 정말 죽기를 마음먹고 우리 혼이 담긴 말을, 파묻히고 도둑맞고 우리 스스로 모질게 학대하고 있는 조국의 말을 하나하나 찾아내어 살려야 한다. 그리고 배달겨레의 자손들에게 우리말을 이어주어야 한다.

엄마, 살려줘요

아이들을 살려야 한다. 아이들을 살리지 않고 우리에게 희망은 없다. 아이들을 누가 살리나? 어머니들이다. 아이들 살리는 일을 가장 앞장서서, 가장 확실하게 할 수 있는 사람은 어머니들이다. 자기 아이만 살리면 다 되기 때문이다. 그리고 어머니는 누구든지 자기 자식을 아끼고 건강하게 키우려 하기 때문이다. 다만 교육을 잘못 생각하고 아이들을 잘못 알뿐이다.

아이들 생명을 지켜주세요

이 세상의 부모들은 아이들 생명을 지키는 방패가 되고 성이 되어야 한다. 아이들 생명을 지키는 일은 부모들의 가장 크고 중요한 할 일이다. 그리고 아무리 정치가 포악하고 교육이 엉망이 되어 아이들이 짓밟혀있더라도 부모들만 아이들을 지킬 각오를 하고 있으면, 아이들은 결코 아주 병들어 버리지는 않고 비뚤어지지도 않는다. 더구나 자살하는 일은 절대로 없다고 나는 믿는다.

아이들을 믿는다

우리는 아이들을 믿는다. 만약 어른들이 아이들에게 서로 뺏고 해치는 교육을 하지 않는다면, 아이들 개성과 창조력을 짓밟아버리고는 획일로 움직이는 기계가 되도록 비참한 훈련을 끊임없이 되풀이하지만 않는다면, 그래서 아이들이 마치 풀이나 나무같이 자연스럽게 자라나도록 환경을 만들어준다면, 아이들은 모두 착하고 바르고 건강하게 자라난다고 확신한다.

남을 위해 사는 사람

　사람들은 모두 제 욕심만 차려서 살아가는 것 같지만, 그
래도 잘 살펴보면 언제나 남을 위해 애쓰는 사람이 있다. 이
런 사람은 그 수가 많지는 않지만, 도시고 시골이고, 조그만
마을에서도 분명히 있는 것이다. 무엇이든지 남에게 주기를
좋아하고 남을 위해 일하는 것을 기쁘게 여기는 사람, 이런
사람이 제 욕심만 차리면서 살아가는 수많은 사람들 속에 그
래도 여기저기 어쩌다가 끼어있기 때문에 우리가 살고 있는
사회는 아주 썩어 병들지 않고 그대로 지탱해가는 것 아닌가
싶다.

자유인과 부자유인 1

이 세상의 모든 사람들은 자유인과 부자유인의 두 종류로 나눌 수 있습니다. 자유인은 자기와 함께 남을 볼 줄 아는 사람입니다. 자기 한 몸과 한 가족뿐 아니라 모든 사람을 생각하여 행동하는 사람입니다. 그런데 부자유인은 자기만 생각합니다. 기껏해야 자기 가족밖에 볼 줄 모릅니다. 그래서 부자유인의 마음은 좁고 어두운 자기 방 안에 갇혀 바깥을 나와 볼 줄 모릅니다.

자유인과 부자유인 2

조그만 일을 두고 친구들과 다투지 아니하고 양보할 줄 아는 아이는 자유인입니다. 달콤한 꼬임에 빠지지 않는 사람은 자유인입니다. 남들이 싫어하는 변소 청소 같은 것을 자진해서 하는 아이는 자유인입니다. 아무도 줍지 않고 지나가는 발에 밟히는 비닐종이를 주워 쓰레기장에 갖다 놓고 '오늘 나는 좋은 일을 했다'고 마음속으로 기뻐하는 아이는 자유인입니다. 약한 아이를 도와주고, 깡패 같은 아이 앞에 굴복하지 않는 아이야말로 훌륭한 자유인입니다. 남들이 하는 것을 따르고 흉내 내지 않고 다만 자기 자신이 옳다고 생각하고 판단한 대로 말하고 행동하는 아이야말로 진정한 자유인입니다.

진리는 어린이 마음속에 산다

어린이들은 왜 복잡하고 흐리멍텅한 것을 꺼리는가? 어린이의 마음이 단순하고 정직하기 때문이다. 진리는 단순하고 뚜렷하며 어린이들은 처음부터 진리 속에 살고 있는 것이다. 어린이들은 어른들(더욱이 글을 쓰는 사람들)같이 깊은 생각에 잠기거나 붕 뜨거나 이론만 따지는 것을 좋아하지 않는다. 그들은 온몸으로 진리를 깨닫는다.

어린이들을 그들의 세계에서 살게 해야 하겠다. 어른이 좋아하는 세계를 그들에게 강요하지 말아야 하겠다. 어린이들이 어른의 흉내를 내게 될 때, 그것은 가장 비시적(非詩的)인 태도가 되어버린다. 오늘날 얼마나 많은 어린이들이 자기의 세계를 빼앗기고, 교묘하게 어른의 흉내를 내어 자기 자신의 세계로 잘못 생각하고 있는 것일까? 이런 그릇된 비뚤어진 상태를 만들어낸 어른들은 그 책임을 느껴야 마땅하지 않을까?

어린이 마음 되찾기

민주주의 사회 건설과 통일국가의 실현을 목표로 살아가야 할 우리가 현실에서 아이들에게 가르쳐야 할 가장 요긴한 삶의 태도는 사람다운 감정과 생각을 가지고 사람다운 행동을 하는 것이라고 나는 믿고 있다.

한마디로 사람의 마음─어린이 마음 갖기다. 어떻게 하면 어린이 마음을 되찾아 가질 수 있을까?

저 혼자만 잘 먹고 잘 입고 편안하게 살면 그만이라는 이기주의, 그래서 점수 많이 따서 남을 이겨내어 입신출세를 하는 것이 단 하나 살아가는 길이라고 생각하는 개인주의, 돈만 가지면 모든 것이 다 이루어진다고 믿는 황금만능주의, 이러한 모든 비뚤어진 삶의 길을 비판해서 보도록 하는 교육이 없이 우리 아이들에게 사람다운 마음을 가지게 할 수 없고, 사람답게 살아가게 할 도리가 없다.

어린이 마음 1

　어린이는 정직합니다. 어린이는 거짓말을 하지 않고, 거짓스런 행동을 할 줄 모릅니다. 그런데 어느 어린이가 거짓말을 한다면 어른을 닮아서 하는 것이지요.

　어린이는 욕심을 부리지 않습니다. 무엇이든지 함께하려 하고, 나누어 가지려 합니다. 욕심을 부리는 어린이가 있다면 어른을 따라 그렇게 하는 것입니다.

　어린이는 돈을 많이 모으려고 하지 않습니다. 제 이름을 내고 싶어 하지 않습니다.

　어린이는 사치한 옷을 입고 싶어 하지 않고, 화장이나 몸치장을 싫어합니다. 사치한 옷을 입고 싶어 하고 화장을 한다면 어른 마음으로 물이 든 때문입니다.

　어린이는 언제나 약한 이들의 편입니다. 그래서 짐승이나 벌레를 함부로 죽이지 않습니다.

어린이 마음 2

나는 아이들이야말로 가장 깨끗하고 바르고 참된 사람이라고 봅니다. 아이들은 정직합니다. 거짓말을 하는 아이는 어른한테 배운 것이고 어른들이 만든 잘못된 환경이 거짓말을 가르친 것입니다. 아이들은 처음부터 헛된 욕심이 없으며, 약삭빠르게 행동하지 않습니다. 만약 계산을 하고 약삭빠르게 행동한다면 그것은 어른들한테 비참한 훈련을 받은 것입니다. 또 아이들은 동정심이 많다는 점에서 어른과 다릅니다. 남의 아픔을 자기의 아픔으로 여기지요. 아이들이 갖는 이 정직함과 계산하지 않음과 동정심 ─ 세 가지는 아이들 마음의 속성이요, 어른들이 잃어버린 가장 사람다운 마음의 본바탕입니다.

3

표현 교육
글쓰기
우리말

글은 곧 길이다

글이란 단순히 글자라는 부호를 집합시켜놓은 것이 아니다. 글은 사람의 생각, 곧 정신을 나타낸다. 글은 곧 길(진리)이다. 그러고 보니 '글'과 '길'은 묘하게도 닮았다. 가운데의 홀소리 하나가 다를 뿐이다. 글을 가르치는 것은 길을 가르치는 것이다. 가르친다고 하지 않고 보여준다고 해도 좋고, 길을 가도록 도와준다고 해도 좋다. 어쨌든 글을 가르치는 사람은 진리를 가르치는 사람이다.

글과 삶

글은 삶의 기록이다. 어른의 글이 그런 것과 같이 아이들의 글도 마찬가지다. 좀 더 자세히 말하면 아이들의 글은 아이들이 제각기 이 세상을 살아가면서 보고 듣고 느끼고 생각하고 행동한 것을 자기의 말로 정직하게 쓴 것이다. 그러니, 글이 있기 전에 말이 있었고, 말이 있기 전에 삶이 있었던 것이다. '삶→말→글'이지 '글→글'이 아니며, 삶이 없이 글은 씌어질 수 없다. 만약에 그런 글이 있다면 그것은 엉터리 글이요, 생명이 없는 죽은 글이다.

어린이는 정직한 글쓰기로 자란다

어린이들 삶의 세계에는 우리 어른들이 머리로 생각할 수 없는 진실이 있고 아름다움이 있다. 그리고 그런 것이 또 무한히 뻗어 나갈 가능성이 있다. 어린이들은 자기의 경험을 정직하게 쓰는 데서 자라고 또 그것이 그대로 놀라운 글이 되는 것이다. 그것이 우리 어른들이 따르지 못하는 자랑이다. 소설가들은 겨우 픽션으로 사실을 흉내 냄으로써 진실을 표현하려고 머리를 짜내지만, 이것은 문학 작가의 글과 어린이 글의 다른 점이다. 어린이들에게 어른의 글을 흉내 내게 하는 것은 당치도 않은 것이다.

난 살고 싶어요

모든 표현 수단을 빼앗기고 표현하는 길이 꽉 막혀버린 사람은 죽을 수밖에 없다. 자살은 단 하나 마지막 남은 표현 수단이다. 우리나라 아이들이 왜 그렇게 자꾸 자살하는가? 표현을 시키지 않고, 표현을 못하게 하면서 한편 끊임없이 잡동사니 지식과 거짓다운 관념만을 머리가 터지도록 쑤셔 넣기 때문이다. 그래서 연약한 그 마음과 몸이 그만 폭발해버리는 것이다.

참된 표현 교육에 대하여

표현이 갖는 참된 교육의 뜻은 '기능의 체득'이니 '정서 도야'니 하는 따위에 머무르는 것이 아니다. 더구나 '정서를 순화한다'고 해서 손재주나 말재주나 글재주의 잔꾀를 익히게 하는 것은 큰 잘못이다. 그런 재주놀음은 거의 모두 어른들의 흉내를 내도록 하는 것으로 진정한 자기 표현의 길을 막아버린다. 그것은 창조성을 죽이는 교육이요, 병신 만드는 교육이요, 생명을 시들어버리게 하는 교육이다.

　문화 수용이 어느 정도 잘못되어있다고 하더라도 자기 표현만 정상이 되면 아이들의 생명은 건강함을 이어갈 수 있다. 그러나 이 자기 표현이 안 되면 그 생명은 시들어 죽게 된다. 즉 밖에서부터 압력만 받고 거기에 응답하고 반발하고 팽창하는 생명의 힘이 없을 때, 그런 힘을 길러주지 못할 때, 그 생명은 짓눌려 죽고 만다. 바깥의 작용에 대한 안쪽의 생기 넘치는 움직임으로 그 생명은 존재한다. 이것이 어린이가 살아 있는 모습이요, 어린이 문화의 모습이다.

자기 표현에 대하여

자기 표현은 생명을 피어나게 하는 교육입니다. 어떻게 하면 즐거운 자기 표현이 될까요? 말하기·글쓰기·그리기·만들기·노래하기······ 이런 여러 가지 갈래에서 아이들이 신명 나는 표현을 즐길 수 있도록 한다면 그 몸과 마음이 무럭무럭 자라날 것입니다.

민주주의는 표현의 자유로부터

민주주의는 표현의 자유에서 출발한다. 한 국가와 사회가 그런 것 같이, 학교와 교실에서도 마찬가지다. 아이들 표현의 자유 없이 학급사회 학교사회의 민주주의를 기대할 수 없다. 아이들을 해방하는 표현 교육은 아이들 하나하나의 생명을 살리는 사업인 동시에 그 사회와 국가 전체를 살리는 기본이요 원천이 된다.

벌거벗은 어른들

그 옛날 임금님은 "벌거벗었다."고 소리친 아이 말을 듣고 부끄러워 도망을 갔는데, 요새 어른들은 그 어리석은 임금님보다 얼마나 더 어리석고 못난 인간으로 되어버렸는가? "벌거벗었다."고 말하는 아이들을 불온한 사상을 가진 놈들로 잡아 가둘 판이 되었으니 말이다.

병들어 가는 아이들

아이들에게 자기 표현으로 글을 쓰게 할 때, 자기 삶을 바로 보고 그 삶의 문제를 이야기하게 하지 않고 당치도 않는 꿈만 꾸도록 하여 자기 현실을 부끄러워하게 하고 자기 가족과 이웃을 멸시하도록 하는 것은 아이들을 결정적으로 병들게 하는 것이다.

왜 글쓰기를 싫어할까요?

아이들이 왜 글쓰기를 싫어하는가? 아이들이 왜 글을 못 쓰는가? 그 까닭을 아이들 편에서 말하면 아주 간단하다. 쓰고 싶은 것을 못 쓰게 하기 때문이다. 자기가 잘 알고 있는 자기의 이야기를 써서는 글이 될 수 없다는 생각을 품게 해놓았기 때문이다. 그리고 1·2학년 어린이들에게도 어려운 과학책을 읽어서 감상문을 몇 장씩 써 오라는 따위로 억지 글 거짓 글을 쓰게 하니 쓰기 싫고 못 쓸 수밖에 없다. 모든 것은 어른이 잘못한 것이고 행정이 잘못한 것이다.

글쓰기 장벽을 없애는 첫 단계

글쓰기란 어렵다는 생각을 없애주어야 한다. 글쓰기란 쉬운 것, 재미있는 것, 다른 공부를 못하는 어린이라도 솔직한 마음만 가지고 있으면 누구든지 좋은 글을 쓸 수 있다는 생각을 가지도록 해야 하겠다. 그러기 위해서는 같은 반 어린이들 작품이나 학년이 낮은 반의 작품을 읽어주거나 보여주는 것이 효과가 있다. 서툴면서도 솔직하게 쓴 작품, 그 학급 어린이 환경에 가까운 각자의 작품을 보여주는 것이 좋다.

글벙어리

　아이들은 글쓰기를 어려워한다. 저희들끼리 말하는 것을 들으면 참으로 재미있고 그런 말은 그대로 글로 적는다면 얼마나 좋겠나 싶은데, 글을 쓰라고 하면 대개는 글벙어리가 된다. 어찌 아이들뿐인가. 어른들도 마찬가지다.

　사람들이 글쓰기를 어려워하는 것은 글이 말과는 다르다고 알고 있기 때문이다. 말을 글자로 적어놓은 것이 글일 터인데, 글이 말에서 멀어져 말과는 아주 다른 질서를 가진다는 것은 매우 좋지 못한 현상이다. 더구나 말을 소리 나는 대로 적게 되어있는 우리글이 우리말에서 멀리 떨어져 나가있다면 아주 크게 잘못된 일이다.

일기 쓰기에 대하여

　가장 중요한 것은 "이런 것을 써라, 저런 것은 쓰지 마라."
하고 쓰는 내용에 대해 끼어들지 말아야 합니다. 무엇이든지
자유롭게 쓸 수 있도록 해야 하는 것이지요. 가령 아이들이
일기에서 어른을 비판하는 글을 썼다고 하더라도 "왜 이런 걸
썼느냐." 하고 나무라지 말아야 합니다. 아이의 생각이 분명
하게 잘못된 점이 있더라도 우선 "정직하게 잘 썼다."고 칭찬
해주고 나서, 그 잘못된 생각에 대해 아이와 이야기를 나누는
것이 좋겠습니다.

글쓰기 교육의 목적

글쓰기 교육의 목적은 어린이를 시인이나 소설가로 만드는 데 있는 것이 아니라 어린이 생활을 북돋우어주고 키워가는 데 있다. 자유로운 생활 표현을 수련하는 길에서 지나간 생활을 반성 비판하게 되고, 정리 통제하게 되며, 다시 감상 비평이란 단계를 통해 더 나은 글쓰기의 내용, 곧 생활을 북돋우게 되는 것이다. 참으로 교육자와 피교육자의 혼과 혼이 서로 부딪치고, 온전히 하나로 융합되어 교육의 극치를 이룰 수 있음은 글쓰기 교육에서만이 가장 가능하지 않을까 한다.

가장 필요한 글쓰기 목표

　　지금 우리나라 아이들에게 가장 필요하고 중요한 글쓰기 지도의 일반 목표는 아이들에게 쓰고 싶은 것을 마음껏 쓰게 하는 것이다. 글을 쓰다가도 '이것은 제목에 맞지 않으니까 안 써야지.' 하는 생각에 매이지 않고 쓰고 싶은 것을 거리낌 없이 쓰게 할 일이다. '이것은 제목에 어울리지 않으니까 쓰지 말아야지.' 하는 태도는 '이 이야기는 선생님이 반가워하지 않으니까.' '이런 말은 부모님이 싫어하니까.' '이런 제목은 남들이 비웃을 것 같으니까.' 쓰지 말자, 그래서 보기 좋은 것, 자랑거리가 될 만한 것이나 찾아내어 쓰자고 하는 태도가 되어 버린다.

우리가 하고 있는 글쓰기 교육이란, 아이들에게 자기 삶을 바로 보고 정직하게 쓰는 가운데서 사람다운 마음을 가지게 하고, 생각을 갖게 하고, 바르게 살아가도록 하는 교육이다. 이것을 우리는 '삶을 가꾸는 교육'이라고 말한다. 우리가 하는 교육의 목표는 아이들을 바르게, 건강하게 키워가는 데 있다. 아이들을 참된 인간으로 길러가는 데에 글쓰기가 가장 훌륭한 방법이 된다고 믿는다.

더는 부끄럽지 않도록

우리가 살고 있는 이 고약한 세상은 부끄러워하지 않아도 될 것을 부끄럽게 여기도록 한다. 남보다 옷이 초라해서 부끄럽고, 남보다 키가 작아서 부끄럽고, 남보다 집이 작아서 부끄럽고, 지위가 낮아서 부끄럽고-이렇다. 이러한 겉모습과 물질을 견주는 데서 오는 모든 부끄러움은 인간이 본래 타고난 자연스런 심성이 아니고, 잘못된 사회 환경과 잘못된 교육 때문에 아주 어릴 적부터 차츰 몸에 붙이게 되는 것이다. 병든 사회가 강요하는 이러한 부끄러움을 풀어주는 것이 참교육이요, 글쓰기 교육의 중요한 목표가 되고 방법이 된다.

정직한 글쓰기 공부

아이들은 참된 사람으로 자라나야 합니다. 그러기 위해서 어른 흉내를 내지 말도록 해야 합니다.

흉내는 사람이 안 되게 합니다. 제 마음을 지키고 가꾸어 야 참사람이 됩니다.

어른들 세계보다 아이들 세계가 더 참되고 아름답습니다. 깨끗하고 바른 아이들 세계는 모든 사람이 이상으로 생각하 는 세계가 될 수 있습니다.

아이들 마음을 지키고 가꾸기 위해서 무엇보다도 정직한 글을 쓰는 공부를 하게 해야 합니다. 글쓰기야말로 아이들 마음과 삶을 지키고 가꾸는 가장 좋은 공부입니다.

글쓰기는 직접적인 경험을 통해
이루어져야 한다

　모든 과학은 개념의 체계라고 한다. 개념의 습득은 필요하
다. 그러나 이 개념의 습득은 어디까지나 직접적인 경험을 통
해 이루어져야 옳은 지식이 되는 것이지, 직접 경험과 유리된
기계적인 암기로 이루어진 지식은 아무 소용이 없는 것이다.
글쓰기도 어디까지나 직접 경험, 즉 어린이들이 현실생활을
체험한 그대로의 사실과 생각을 나타내어야 한다. 그래야만
사물을 올바르게 붙잡을 수 있고 생활을 보는 눈과 마음이
깊어지고 넓어지는 것이다.

글쓰기 교육에서 주의할 점

　사람마다 그 삶이 다르고 생각과 성격이 다르기에 쓰는 글
도 개성이 달리 나타날 수밖에 없다. 따라서 글쓰기를 가르치
는 방법도 사람마다 꼭 같을 수가 없다. 그러나 아주 기본이
되는 문제에서 그 생각이나 방법이 서로 다르다면 그 다른 점
을 분명하게 밝혀야 하겠고, 그래서 어느 쪽이 옳은 길인가
판단해야 한다. 또, 아무리 곁가지로 작게 보이는 부분이라
하더라도 그것이 아이들 마음과 삶을 병들게 하는 결과를 가
져오는 것이라면 결코 지나쳐버려서는 안 될 것이다.

별난 일, 놀라운 일이라야 좋은 글이 되는 것은 아닙니다. 날마다 겪는 평범한 일이 가장 좋은 글감입니다. 날마다 학교에 가고 집으로 돌아가는 길에서 보고 듣고 생각하고 겪는 일들, 공부하는 교실에서 일어나는 일들, 동무들과 어울려 놀거나 청소를 하면서 말다툼하고 싸우고 한 일들, 학원에 갔던 일, 꾸중 들은 일…… 이런 일들 가운데서 가장 쓰고 싶은 것을 골라내어 쓰세요. 그때 겪었던 일을 잘 생각해내어서 차근차근 자세하게 쓰면 재미있는 글이 됩니다.

조그마한 것이라도 잘 살펴보아야

눈으로 볼 수 있는, 이 세상 모든 것은 자연과 인간이 만든 것-이 두 가지로 나눌 수 있습니다. 산과 들, 그 산과 들에 있는 온갖 식물과 동물과 곤충, 물속의 고기들, 하늘과 구름과 눈과 비와 무지개, 해와 달과 수많은 별들…… 자연은 얼마나 여러 가지로 풍성합니까? 눈으로 보는 모든 것은-조그만 모래 하나, 풀잎 하나까지도 그 모양이 모두 다르고 크기가 다르고 색깔이 다르고 움직이고 변하는 모습이 다릅니다. 그 다른 생김새와 색깔과 움직임을 살펴보아서 글을 쓰면 얼마든지 재미있는 글이 됩니다.

어린이 시란 어떤 시인가?

 어린이 시는 어린이가 쓰는 시다. 어린이 시는 어린이가 그들의 삶에서 그때그때 부딪히는 온갖 일들에 대해 느끼고 생각한 것을 비교적 짧은 말로 토해내듯이 쓴 시를 말한다.

 여기 '토해내듯이'라고 말했는데, 이 점이 매우 중요하다. 이것은 어린이 시가 대체로 자연 발생적으로 써진다는 것을 말하는 것이다. 마음속에 우러나는 감동을 이것저것 가공을 하고 기교를 부려서 표현하는 것이 아니고, 솔직하고 소박한 어린이의 말을 그대로 내뱉듯이(혹은 부르짖듯이) 쓴다는 뜻이다.

우리말을 살려서 쓰자

　동화든지 동시든지 소설이든지 평론이든지 자연스런 말로, 살아있는 말로 쓸 일이다. 우리말을 살려서 쓰면 모든 글이 제자리를 얻게 되고, 그래서 사람다운 글이 된다. 말을 따라 쓴다는 것은 얼마나 쉬운 일인가? 그런데 실제 문제는 그렇지 않다. 말을 살려서 쓰고, 말하는 대로, 쉬운 말로 쓰는 것이 도리어 어렵고, 아주 큰 결단과 용기가 필요하기도 하다. 그것은 워낙 우리 문학이 어른 것이나 아이들 것이나 말에서 멀어져있기 때문이고, 말에서 멀어져있는 사실을 또 모두가 깨닫지 못하고 있기 때문이다.

언어의 민주화

쉽게 말하고 솔직하게 쓰는 것은 모든 사람들이 함께 갖는 재산인 말과 글을 일부 특권층으로부터 도로 찾아 모든 사람에게 돌려주게 하는 지극히 중요한 문화적 뜻을 갖는다. 언어의 민주화로 우리는 참된 민주사회의 실현을 꾀해야 한다. 쉬운 진리를 어렵게 만드는 것은 거기 속임수가 들어있는 것이다.

우리말을 살리는 일

　말을 살리는 일이 겨레를 살리는 일입니다. 배달말을 살리지 않고 배달겨레가 살아날 수 없습니다. 말을 살리지 않고는 어떤 교육도 학문도 문학도 예술도 종교도 사상도 우리 것이 될 수 없고, 제자리에 설 수 없다고 봅니다. 더구나 우리 겨레가 대륙과 섬나라로 흩어지고, 남과 북으로 갈라져 눈물과 한숨으로 살아온 지 반세기가 다 되어가는 지금은 그 어떤 일보다도 겨레말을 바로잡아야 할 때입니다. 우리 얼을 찾아가지는, 말 살리는 일이 곧 민주주의와 통일을 앞당기는 가장 확실한 길이라고 믿습니다.

　나라와 겨레를 사랑하는 모든 분들이 우리말을 살리는 일에 함께해주시기 바랍니다.

우리말과 글을 지키자

제 나라 말·글이 가장 좋다는 사실을 모르고 남의 나라 글자나 말을 쳐다보고 얼빠진 사람이 되니, 중국글자고 일본 말이고 영어고 밖에서 들어오는 것은 무슨 말이든지 무슨 글이든지 하늘같이 떠받드는 종살이 버릇이 들었다. 이래서 우리말을 살리고 우리글을 지키는 일은 우리 모두 목숨을 걸고 해야 할 독립운동이다.

우리말, 우리글은 백두산보다도 금강산보다도 더 귀한 보배요, 바로 우리들의 목숨이다. 이 목숨을 돈과 권력을 가진 사람들이 짓밟으려 하고 있다. 어려운 말과 글로 백성들 위에 올라앉아 있던 그들은 이제 곧 한글만 쓰는 젊은 세대가 사회를 움직이는 세상이 될 것을 걱정해서 역사를 거꾸로 돌리려 하고 있다. 우리는 이 엉큼한 수작에 절대로 속아 넘어가지 말아야 한다.

문학은 말로 빚어낸 예술

　문학은 말로 빚어내는 예술이다. 따라서 소설이고 시고 수필이고 논문이고 동화고, 어떤 글이든지 잘못된 남의 말을 함부로 섞어 썼다면 제대로 된 문학일 수 없다. 우리말이 될 수 없는 말이 어쩌다가 들어있어도 그 작품은 문제가 되어야 한다. 일기나 편지나 그밖의 생활글도 마찬가지다. 좋지 않은 흙으로서는 꽃병이고 사발이고 종지고 만들 수 없는 것과 같은 이치다.

이상야릇한 글귀들

    소설이든 동화든 문장을 알기 쉽고 올바르게 써야 한다는 것은 문학 수련의 첫걸음이다. 그런데 아직도 많은 동화작가들이 문장을 이상야릇하게 꾸며 쓰는 취미에 젖어있다. 가장 나쁘게 유행되고 있는 것이 기발한 표현을 노리거나 멋들어진 시처럼 나타내고 싶어 해서 어수선한 장식문을 즐겨 쓰는 일이다.

강아지풀

풀 이름이 참 재미있지요. 왜 강아지풀이라 했을까요? 그것
은 강아지풀을 알고 있는 사람이라면 다 잘 알 것입니다. 강
아지풀은 그 이름을 모르는 아이라도 그것을 보고 만지고 놀
면 입에서 저절로 강아지란 말이 나올는지 모릅니다. 강아지
풀은 강아지같이 생겼고, 강아지 꼬리같이도 생겼습니다. 모
양뿐 아니라 그걸 만지면 강아지 꼬리같이 간지럽지요.

강아지풀을 뜯어다가 종이 위에 놓아두고 손가락으로 종
이를 톡톡 두드리면서 '오요요' 하고 강아지 부르듯이 부르면
강아지풀이 강아지같이 기어 옵니다. 그런 놀이를 어렸을 때
했던 생각이 납니다.

우리말이 곧 희망

우리 겨레가 아무리 가난하게 살고 또 흉악한 외국 세력에 시달린다고 하더라도 깨끗한 우리말만 가지고 있다면 우리는 희망을 가질 수 있다. 반대로 우리가 아무리 배불리 먹고 사치하게 살더라도 우리말이 다 병들고 우리말을 잃었을 때는 우리 역사가 끝장이 난 것이다. 말을 잃으면 얼을 잃는 것이요 허수아비가 된 것이니, 우리 앞에는 오직 어둠만이 있을 뿐이다.

혁명의 불씨가 되어

　우리말을 바로잡고, 병들어 가는 말을 살리는 일을 하려면 먼저 우리말과 글에 대해서 생각을 같이하는 사람들이 한자리에 모여 이 일을 어떻게 해야 하는가를 의논하는 일부터 해야 한다. 이런 자리에 모이는 사람은 우리말을 지키고 살리는 일이 얼마나 중요한가를 잘 알고 있는 사람, 그래서 이 일을 함께하는 데 몸과 마음을 어느 정도 바칠 각오가 되어있는 사람이라야 한다. 나는 이런 사람이 우리나라 곳곳에 많이 있으리라 믿고 있다. 이런 사람들이 우선 몇 사람이라도 먼저 한자리에 모여서 우리말 우리 얼을 살리는 혁명의 불을 붙일 수 있게 되기를 바란다.

문화의 식민지

제 나라 말과 남의 나라 말을 분간할 줄 모르는 사람들, 남의 나라 말이라고 잘 알면서도 제 나라 말은 안 쓰고 남의 말을 쓰고 싶어 하는 사람들, 이런 사람이 국민의 거의 전부가 되어있다고 할 때, 그런 나라의 앞날이 어찌 되겠는가? 남의 나라 식민지가 될 것은 뻔하다. 아니, 벌써 문화 식민지가 되었기에 제 것과 남의 것을 구별하지 못하고, 제 것은 버리고 남의 것만 쳐다보고, 남의 말을 쓰고 싶어 하는 것이다.

회의하는 공부가 필요해

　우리나라에서는 초등학교고 중등학교고 학생들끼리 회의를 제대로 하도록 하는 교육을 못하고 있습니다. 온통 시험 준비 공부에만 매달려있는 판이지요. 회의하는 공부, 서로 의견을 주고받아서 좋은 길을 찾아가는 공부를 하지 못하고 자라났으니, 어른이 되어서도 회의고 토론이고 할 줄 모르고, 하기 싫어하는 것은 당연하지요. 의논이 없고 토론이 없는 사회에는 싸움만 있게 됩니다.

더불어 사는 행복

　사람이 행복하게 되고 사람답게 살아가는 길은 다만 '모든 사람이 손잡고 함께 살아가는 길'이 되어야 한다는 사실을 알아야 합니다. '나만 편하게'하는 생각에서는 회의가 안 되고, 회의가 쓸데없고, 이렇게 되면 사회는 망하는 수밖에 없습니다. 사회가 망하는데 어느 개인이 어떻게 행복할 수 있습니까.

회의 아닌 회의

의논이 없는 사회, 회의가 없는 나라는 독재 사회요, 독재
국가입니다. 회의가 있어도 말만 회의지 실제로는 회의가 아
니라 힘이 있는 사람이나 윗사람이 이래라저래라 하여 지시
와 명령만 하거나, 윗사람이나 일부 사람만 의견을 말하고 생
각을 전달하는 것뿐이라면 그것은 회의가 없는 거나 마찬가
지입니다. 회의를 하는 것처럼 겉모양을 꾸미는 속임수로 독
재를 하는 것이지요.

나는 무식한 사람이 좋다

나는 정말 무식한 사람이고, 그렇게 알아주기 바란다. 사실 나는 무식한 사람을 좋아하고 존경한다. 유식한 사람이 싫다. 우리 사회에 유식한 사람이 얼마나 많은가! 그 유식한 사람들이 세상을 망쳤다고 본다. 나라 팔아먹은 사람들도 모두 유식한 사람들이었다. 이 나라를 지금까지도 엉망진창으로 만들고 있는 것이 바로 유식한 사람들 아니고 누구인가? 무식이라는 말이 나오니까 생각나는데, 해방 직후 같은 직장에 있던 한 친구가, 김구 선생은 음악도 모르는 아주 무식한 사람이라고 했다. 그래 그때부터 김구 선생이 좋아졌고 존경하게 되었다. 생각해보니 내 무식병은 아주 젊었을 때부터 있었구나 싶다.

높임말을 적게 씁시다

　우리말에는 높이거나 낮추는 말의 등급이 많은 것이 문제가 되어있다. 말이 이렇게 되어서 우리들 생각이나 행동이 자유스럽지 못하고, 민주사회를 창조해가는 일도 온갖 어려운 일에 걸리고 빠져들고 부딪히고 하여 제대로 안 된다. 그래서 될 수 있는 대로 높임말을 적게 쓰는 것이 좋겠다고 생각한다. 더구나 실제로 말에서는 안 나오는 높임말을 문학작품에서 쓰는 것은 우리말을 뒷걸음치게 하고 우리말을 죽이는 잘못된 글쓰기라 하겠다.

삶을 가꾸는 생활글

소설이나 동화는 문학작품이란 것을 의식해서 쓰지만, 생활글은 문학이라고 생각해서 쓰는 글이 아닙니다. 생활글은 보고 듣고 겪는 것, 생각한 것을 정직하게 자기 말로 쓰는 글입니다. 그러나 이렇게 문학이 아니고 다만 쓰고 싶어서 정직하게 쓰는 글이기에 훌륭한 생활글은 또 훌륭한 문학도 되는 것입니다. 옛날부터 동서양에 이름난 일기문학, 편지문학 작품은 그 어느 것도 그것을 쓴 사람이 문학작품을 쓴다고 생각해서 쓰지는 않았습니다. 생활글을 문학이라 생각해서 문학작품을 흉내 내서 썼다면 그것은 가짜 문학이고 가짜 생활글이 되고 맙니다. 이래서 생활글은 모든 사람이 저마다 자기 삶을 가꾸기 위해 쓰는 바르고 깨끗한 글이 되고 나라와 겨레를 살리는 글쓰기의 자리가 되는 것입니다.

문집은 누구를 위해 만들어야 하나

문집은 학교를 위해서 만드는 것이 아니다. 교사를 위해서 만드는 것도 아니다. 어디까지나 어린이들을 위해서 만드는 것이다. 어린이들에게 그들의 솔직한 생활을 그린 글을 모아 보여줌으로써 글을 쓰는 즐거움을 느끼게 하고, 마음과 생활의 성장 자취를 살피어 다음 발전의 터전을 삼게 하는 데 문집을 만드는 목적이 있고 참뜻이 있는 것이다.

4

누구보다도 충실했다. 이것은 시인으
야 할 당연한 태도라 하겠다.
런데 〈고향의 봄〉 첫머리에 나오는
살던 고향은?은 어찌된 것인가?
의 봄〉은 선생이 겨우 열 네 살이던
에 쓴 작품이다. 그 당시 모든 선배
일본말 번역체로 글을 쓰던 시절에,
학생이 어찌 일본말의 영향에서 벗어
겠는가? 그로부터 70년이 지난 오늘
글을 쓰는 모든 어른들이 일본말 따라
버릇을 고치지 않고 있는데 말이다.
것은, 선생이 17·18세 때 썼던 두
를 두고 말할 때, 그것을 가지고 작품
논할 것이 아니라 하나의 책으로
하는 것과 같다.
생은 또 아이들에게, 아무리 복잡한
일이라도 그것을 어려운 말로 쓰지 않
운 말로 쓰는 훌륭한 재능을 가지고
그것은 〈오끼나와의 어린이들〉(194

책
독서
문학

책이 사람을 만듭니다

책은 인간이 만들어낸 가장 아름답고 충실한 문화의 꽃이요 열매라 할 수 있습니다. 우리는 인류의 빛나는 문화를 이어받기 위해서 책을 읽는 것이고, 이 빛나는 문화를 이어주기 위해서 아이들에게 책을 읽도록 하는 것이지요. 책은 역사와 사회를 이끌어가는 가장 큰 힘이 됩니다.

한 사람 한 사람의 개인으로 보면, 책으로 지식을 얻고 생각을 넓히며, 삶의 수단과 지혜를 찾아내고, 세상을 바르게 살아가는 길을 배웁니다.

책은 인류가 낳은 가장 높고 귀한 문화의 산물이다. 그리고 교육은 사람을 사람답게 살아가게 하는 가장 값진 활동이다. 그런데 오늘날 이 땅에는 책과 교육이 일으키는 해독이 엄청나게 크다. 우리가 하고 있는 교육은 사람의 품성을 고귀하게 하고 아름답고 참된 삶을 몸으로 익히는 길을 완전히 내동댕이쳐 버렸다. 교육은 포악한 힘으로 아이들을 모조리 붙잡아 가서 방 안에 온종일 가두어놓고 죽자 살자 책만을 읽고 쓰고 외우게 하고 있다. 아이들은 글로 꾸며 만드는 거짓 흉내와 잡동사니 지식과 허섭스레기 같은 관념과 자기모멸과 노예근성을 오직 책으로 배운다. 이런 형편에서 그래도 어쩌다가 귀한 자기 생명을 지키면서 끝까지 버티던 아이들, 깨끗한 마음을 잃지 않으려고 오랫동안 몸부림치면서 살아가던 아이들은 스스로 목숨을 버리거나 거친 행동을 하다가 그만 꺾여버리고 만다.

어린이책의 공해 문제

　어린이문학이 병들어 있으니 어린이책이 제대로 나올 수
가 없습니다. 지금 우리나라에는 어린이책이 거의 아무런 비
판도 받지 않고서 넘쳐 나와 책의 공해 문제가 심각한 상태에
이르고 있습니다. 잘못된 교육과 병든 사회 환경에서 길이 들
어져가는 아이들 성미에 맞추어 어린이문학은 통속화, 저질
화의 경향으로 흘러가고, 어린이책들은 그 속과 겉이 모두 가
볍고 들뜬 것을 서로 다투어 내보이는 상품이 되고 말았습니
다.

어째서 문학책을 읽혀야 합니까?

아이들에게는 주로 문학책을 읽혀야 합니다. 실제로 어린이 책이라면 그 대부분이 문학입니다. 왜 그럴까요?

무엇보다도 어린아이들은 감성(느낌)으로 자라납니다. 그래서 지식이나 사상을 주기보다 (그 이전에) 바로 구체적인 삶을 보여주어 그것을 느낌으로 받아들이도록 해야 합니다. 관념이나 이론은 아이들이 받아들이지 않습니다. 나이가 어리면 어릴수록 노래와 이야기와 그림을 주어야 됩니다. 어린이문학은 이래서 필요한 것입니다.

책 읽는 환경 만들기

책을 읽게 하려면 적어도 세 가지 조건을 갖추어주어야 합니다. 첫째는 책을 읽을 수 있는 조용한 자리-방이 있어야 하고, 다음은 책을 읽을 시간을 주어야 하고, 세 번째는 책이 있어야 합니다. 이 세 가지 가운데서 어느 한 가지라도 빠지면 책읽기를 할 수 없습니다. 그리고 이 세 가지 조건을 갖추어주는 일은 학교 선생님보다 오히려 부모님들이 더 걱정해야 할 일로 되어있는 것이 지금 우리나라 교육 사정입니다.

좋은 책 고르기

좋은 책이란 어린이 마음을 착하고 참되게 하고, 올바른 생각과 행동을 하게 하는 책입니다. 그리고 또 재미있게 읽을 수 있어야 하고, 깨끗한 우리말로 쓴 책이라야 합니다. 이런 책이 아주 없는 것은 아닙니다만 매우 드문 것은 사실입니다. 그런데 책방에 가면 온갖 책들이 수없이 널려있고 꽂혀있어서 그 가운데서 좋은 책을 골라내기가 퍽 어렵습니다. 또 나이와 학년에 따라서 알맞는 책을 골라야 하지요.

아이들이 왜 책을 안 읽는가?

아이들이 왜 책을 안 읽는가? 학교 교육이 잘못되어있기 때문입니다. 책을 안 읽는 교육, 책을 싫어하게 만드는 교육을 하고 있기 때문입니다. 교과서와 참고서만 들여다보도록 하는 시험 준비 교육으로 아이들이 들볶여있기 때문입니다. 아이들에게 사람의 길을 보여주는 교육, 문학 교육을 하지 않기 때문입니다.

어린이문학을 말하다

어린이문학은 어린이에게 주는 문학이다. 왜 주는가? 어린이들도 문학이 필요하기 때문이다. 아니, 어린이들은 어른보다 더 문학이 필요하다. 어린이들은 문학으로 자라난다고 할 수 있다. 문학이 없는 어른은 삭막하지만, 문학 없이 자라나는 어린이는 한층 더 비참하다.

어린이문학의 특수함

어린이문학은 어린이에게 주는 특수한 문학이다. 이 특수한 성격은 어린이문학의 본바탕이 다름을 뜻하는 것이 아니다. 문학을 창조하는 어른과 그것을 받아들이는 어린이가 서로 다른 세계에 살고 있으면서도 한자리에서 만나야 하는 사정에서 오는 특수함이다. 이 특수함은 두 가지 옆면에서 말할 수 있는데, 그 하나는 삶의 다름이고, 다른 하나는 말의 다름이다. 어린이문학 작가는 이 두 가지―삶과 말을 어린이의 그것과 하나로 되게 하는 자리를 마련하는 특수한 정신과 능력을 가져야 한다. 이 남다른 정신과 능력의 원천은 사랑과 믿음이다. 어린이에 대한 사랑과 믿음이 없이는 어린이문학이 생겨날 수 없다.

어린이문학은 아이들에게 살아가는 길을 보여줍니다. 어떻게 하면 돈을 많이 벌어서 높은 자리에 올라가 편하게 살아갈 수 있을까 하는 방법을 가르치는 것이 문학일 수 없습니다. 바르게 살아가는 길, 모든 사람이 자유롭고 평등하게, 민주적으로 살아가는 길을 보여주는 것이 어린이문학입니다. 이러한 길을 이치로, 머리로 알고 깨닫게 하는 것이 아니라 감성으로 몸으로 느껴 알도록 하는 것입니다.

어린이문학이 가야 할 길 2

어린이문학은 아이들 마음과 삶을 그 아이들을 대신해서 표현해주는 문학이다. 어른들의 글쓰기인 어린이문학이 아이들 스스로 쓰는 글과 다른 점은, 아이들 삶과 마음에서 얼마쯤 앞서 나가 있는 점이다. 단지 이것만 다를 뿐이지, 아이들 세계를 그 아이들을 위해 쓴다는 점에서는 아주 같다. 그러니까 어린이문학은 아이들 삶을—삶의 참모습과 아이들의 진정한 소망과 아이들을 에워싼 자연과 세계의 진실을 보여주는 문학이라 하지 않을 수 없다.

어린이문학은 어른이 창조해서 어린이에게 주는 문학입니다. 우리는 왜 어린이에게 문학을 주려고 하는가? 우리는 왜 어른이 읽고 즐기는 문학보다 어린이가 읽는 문학에 더욱 큰 관심을 가지고 이 일을 위해 우리의 삶의 가장 소중한 부분을 바치려고 하는가? 그 까닭을 아주 간단하게 말하면, 어린이가 사람답게 자라나야 우리 모두가 희망을 가질 수 있기 때문입니다. 어린이문학은 어린이가 사람답게 살아가는 세계를 보여주는 문학입니다.

어린이문학이 살아나려면 작품으로 쓰는 글이 살아나야 한다. 글이 살아나려면 말이 살아서 글이 되어야 한다. 그럼 말을 어떻게 해서 살리나?

우리말을 살리려면 백성들이 써온 순수한 우리말, 유식하거나 재주 부리거나 권위를 보이는 말이 아닌 서민들의 말, 아이들도 즐겨 쓰고 잘 알아들을 수 있는 말, 우리 말법에 맞아 자연스럽게 쓰이는 말, 사실을 뒷받침하거나 진실이 담겨있는 말—이런 말을 써야 한다. 우리가 흔히 고운 말, 아름다운 말을 쓰자고 하는데, 고운 말, 아름다운 말이 바로 이런 말이다.

참되게 살아가는 길을 보여주어야

오늘날 우리 어린이문학은 어린이들에게 어떤 세계를 보여주어야 하는가? 어떤 삶을 간접으로 체험하게 해야 하는가? 그것은 너무나 명백하다. 사람답지 못하게 살아가는 어린이들에게 사람답게 살아가는 세계가 있음을 보여주어야 한다. 어린이들이 낮이고 밤이고 쫓기면서 매달려있는 공부라는 것, 남보다 더 먹고 싶어 하고 입고 싶어 하고 가지고 싶어 하는 것이 얼마나 잘못되어있는가를 깨닫게 해야 한다. 어른들이 보여주는 현실이 얼마나 병들어 있는가, 어른들이 어린이들에게 강요하는 삶이 얼마나 거짓스런 것인가를 알려야 한다.

어린이에게 삶을 찾아주어야

어린이들은 아침부터 밤까지 자기의 뜻으로 움직이는 것이
아니고 다른 힘으로 움직이면서 학교에서 학원으로, 다시 공
부방으로 끌려다닙니다. 이것은 삶이 없는 것이지요. 삶을 잃
어버린 어린이들에게 삶을 찾아주는 일보다 더 급한 일이 없
습니다. 현실의 삶을 찾아주는 일은 주로 부모와 교사가 해야
할 일입니다만, 작가가 창조하는 문학은 삶을 잃어버린 어린
이에게 간접의 삶을 주는 것이 됩니다.

어린이와 어른이 함께 사는 세계

어린이문학의 세계에서는 어린이와 어른이 따로 없다. 그것
은 그 옛날의 설화 시대에 어른과 아이가 한 방에서 같은 이
야기를 즐기면서 살았던 것과 같다. 어린이와 어른을 따로 갈
라서 어린이는 보잘것없고, 어른은 월등 높은 수준의 세계에
서 살고 있는 존재라고 생각하는 것은 어린이를 모르고 인간
을 모르는 태도이며, 어린이문학을 말하거나 작품을 쓸 자격
이 없는 사람이다.

동화를 어떻게 써야 할까?

　동화는 그 내용과 문장이 그것을 읽는 아이들에게 작용해서 아이들을 아이들답게, 사람답게 자라나게 할 수 있는 것으로 되어있어야 한다. 다시 말하면, 동화의 내용에서는 아이들에게 좋은 생각과 느낌을 가지게 하고 깨달음을 얻게 하여 밝고 바르고 착하게 살아가도록 하고, 문장에서는 그것을 듣거나 읽었을 때 아무런 장애가 없이 잘 알 수 있도록, 시원스럽게 받아들일 수 있도록, 재미있게 그 이야기에 빠져들 수 있도록 해야 하는 것이다.

어린이문학은 사랑에서 비롯되어야 한다

어린이문학은 어린이에 대한 사랑이 밑뿌리로 되어있어야 하는 문학이다. 어린이에 대한 사랑이란 아이들의 귀여움에 빠져버리는 상태를 말하는 것이 아니다. 아이들 마음, 아이들이 살아가는 현실을 깊이 이해하여 그들이 안고 있는 문제를 풀어주고, 그들이 사람답게 자라나도록 하려는 정신이 곧 어린이 사랑이다.

길을 잃어버리다

우리 어린이문학 작품들이 대체로 안고 있는 가장 큰 흠은 주제가 모자라다는 것이다. 시고 동화고 소설이고, 도대체 무엇 때문에 썼는지 이해를 할 수 없는 것이 너무나 많다. 새삼 말할 것 없이 어린이문학은 아이들에게 주는 문학이다. 그렇다면 거기에는 아이들과 그 아이들이 살고 있는 이 시대의 문제점이 나타나 있어야 할 것이다. 공상동화든 생활동화든 시든 소설이든 어린이극이든 다 그렇다. 아이들의 문제를 잡지 못하고, 하고 싶은 절실한 말이 없으니 시시한 글, 재미없는 글이 될 수밖에 없고, 그렇게 되자니 쓰는 사람의 눈길은 엉뚱한 데로 간다.

진정한 어린이문학이 되어주세요

우리 어린이문학은 대체로 어린이의 것이 못 되고 있다. 이
것은 많은 작가들이 어린이문학을 개인의 오락처럼 여기고
있기 때문이고, 어린이나 사람을 위해 문학이 있다는 것을 문
학의 불명예로 알기 때문이다. 어린이를 팔면서 사실은 어른
들이 읽는 문학의 흉내나 내려고 애쓰는 까닭이다. 그리고 문
단에 세력을 넓히려고 하는 문단 정치꾼들이 그릇된 문학관
을 가지고 작가들을 함부로 마구 내어놓고 있는 것도 커다란
원인이 되고 있다.

믿음이 있는 곳에 문학이 있다

　어린이들은 오염되고 있다. 어른들이 만들어놓은 그릇된 환경과 교육으로 동심은 비뚤어지고 멍들어 있다. 그러나 그럴수록 우리는 순수한 동심을 옹호하고 그것을 귀하게 가꾸어가야 하는 것이다. 어린이가 병든 것은 어른들 때문이지 결코 어린이 자신이 책임질 일이 아니다. 어린이의 선함을 믿지 못하는 이는 어린이문학 작가가 될 수 없다.

동심은 한마디로 사심 없는 마음이다. 이것은 우리가 나아가야 할 참과 착함과 아름다움의 세계다. 어린이문학은 이런 동심의 세계를 그리는(표현하는, 동경하는) 문학이다. 좀더 깊이 있게 말하면 ①동심의 참모습을 보여주고, ②동심이 어떻게 해서 짓밟히고 비뚤어져 가고 있는가를 보여주며, ③동심을 끝까지 지켜나가는 어린이와 어른들 삶을 그려 보이는 것이다.

어린이문학의 교육성이란 넓은 뜻의 문학적인 교육을 말하는 것이다. 작품으로 아동을 감동시켜 그들의 감성을 풍부하게 하고 지성을 높이고 인간성을 아름답고 선한 방향으로 키워가도록 하는 것이 교육성이다. 이러한 보다 근원적인 뜻의 교육성조차 배제해버리고 순수한 아름다움이란 것만을 추구한다면, 일반 문학에서는 몰라도 어린이문학에서는 이런 태도가 오히려 유해(有害)한 '교육성'이 될 수 있다. 특히 동시에서는 이러한 태도가 유치한 동심주의(童心主義)나 내용 없는 기교주의로 타락되어 어린이의 심정을 비뚤어지게 하고 마음의 성장을 방해하는 결과가 된다.

시라고 말하는 글은, 우리가 이 세상을 살아가는 가운데 (무엇을 보거나 듣거나 생각하거나 일하는 동안에) 마음속에 일어나는 느낌(감동)을 싱싱한 우리말로 나타낸 글이다.

이렇게 시의 뜻을 밝혀놓고 볼 때, 시가 되는 조건을 세 가지로 나누어서 말할 수 있겠는데, 첫째는 '살아간다'는 것이고, 둘째는 '감동'이고, 셋째는 '싱싱한 우리말'이다. 이것을 또 달리 말하면 첫째는 무엇을 썼는가 하는 글감(소재)의 문제가 되고, 둘째는 시의 알맹이가 되고, 셋째는 시의 형식, 또는 '시가 담겨있는 그릇' 아니면 '시가 입고 있는 옷'이라고 말할 수 있다.

시가 병들어 가는 까닭

　시가 병들어 가는 까닭이 두 가지다. 그 하나는 시가 삶에
서 떠나있기 때문이고, 다른 또 하나는 죽은 말로 쓰기 때문
이다. 시가 삶을 떠나있다는 것은 시를 쓰는 사람이 책만 읽
고 자라나서 어른이 되어도 책 속에 갇혀 사람을 모르고 자
연조차 모르는 것을 말한다. 삶을 잃으니 그 말이 죽을 수밖
에 없고, 책에서만 나오는 병든 말이 되는 것이다.

우리들 생활의 모든 면이 시가 된다는 것, 그리고 예사로 보아 넘기는 것, 아무렇지도 않은 일들에도 시가 있다는 것, 참으로 보잘것없는 한 마리의 곤충, 사람들이 돌보지도 않는 길가에 짓밟히는 한 포기의 풀, 한 조각의 돌, 그런 것에도 빛나고 아름다운 생명이 있다는 것을 감성을 통해 지도해야 할 것이다. 그리고 또한 땀 흘리고 괴로워하는 사람들의 생활 속에 참된 아름다움이 있고, 공장에서 돌아가는 기계 속에, 달려가는 기차에 새로운 아름다움이 있다는 것, 남들이 더럽다고 생각하는 것에, 가난하고 보잘것없는 그런 것에 숨은 아름다움이 있다는 것을 모든 기회를 통하여 지도해야 할 것이다.

동시가 된다는 것

　동시는 먼저 시가 되어야 하고, 그 위에 다시 동시로 되어야 한다. 동시가 된다는 것은 '동시다운 것'이 되는 것을 말하는 것이 아니다. 우리는 이 '~답다'는 것에서 끊임없이 탈피해야 시를 획득할 수 있다. 동시의 세계는 현실에서 살아가고 있는 어린이 눈과 마음으로 보고 느끼고 생각할 수 있는 세계여야 할 것이지, 결코 시인의 머릿속에서 짜낸 관념이나 공상이나 심리의 장난 같은 것이어서는 안 된다. 빈말을 꾸미고 다듬는 재주놀이여서도 안된다. 동시는 시인만의 위안물이어서도 안 되고, 어른이 읽어도 감동을 받을 수 있어야 한다.

가짜 시와 진짜 시

무엇을 보는 순간 머리에 떠오르는 생각이나 가슴에 울려오는 느낌은 살아있는 자신의 것입니다. 그런 느낌이나 생각을 잡아서 쓰면 시가 될 수 있습니다. 그러나 실제로 느낀 것이 아니고 느낀 것처럼 재주를 부려 만들어 쓸 때는 가짜가 되고 거짓이 됩니다. 그러니 느낀 것처럼 꾸며 만들지 말아야 합니다. 남의 글을 볼 때도 그 글이 실제로 겪은 것을 쓴 것인가, 거짓으로 만든 것인가를 구별할 줄 알아야 합니다.

옛이야기의 재미는 어디서 오는가? 그것은 옛이야기가 본래부터 가지고 있는 특성에서 온다. 곧, 이야기 속에 나오는 사람들에 대한 동질감(同質感) ─ 바로 민중성이 그 첫째요, 교훈의 명증성(明證性)이 둘째요, 그 민중성과 교훈성을 재미있는 이야기로 짜서 살아있는 말씨로 전달하는 구성과 말씨의 소박 간결한 묘함이 셋째다.

내림을 창조하다

내림(전통)이란 어떤 마음가짐이요 정신이다. 그것은 그냥 있는 것을 주워 가지거나 주는 대로 받아 가지면 되는 그런 죽은 몸뚱이 같은 것이 아니고, 끊임없이 숨을 쉬고 움직이는 생명 같은 것이다. 그러니 내림을 이어받는다는 것은 내림을 창조한다는 말이다. 기계처럼 받아들이기만 하는 몸가짐으로서는 내림을 몸에 붙일 수 없다. 내림 속에 살면서 그 내림을 지배할 수 있는 정신의 활력이야말로 참된 내림을 창조할 것이다.

문장 표현의 중요함

문학은 문장으로 표현한다. 아무리 좋은 생각이라도, 놀라운 상상이라도, 감동적인 느낌이라도 글(문장)이 잘못되어있으면 그 작품은 실패한다. 글이 모호하거나, 사실과 다르거나, 앞뒤가 안 맞거나, 읽기가 거북하거나, 부자연스럽게 씌어졌으면 비록 그 글에 사람들이 관심을 가질 만한 중요한 내용이 담겨있더라도 문학이 될 수 없고, 그보다도 남들이 읽어주지 않는다. 읽더라도 억지로 읽는다.

　이야기 줄거리를 짤 때는 한층 더 리얼리즘 정신과 태도와 방법이 요청된다. 이야기가 전개되는 때, 자리, 배경, 그리고 인물들 성격이 환하게 잡혀있어야 하고, 사건이 시작되어 그것이 변전되고 절정을 이루다가 해결이 되는 과정이 독자들 마음을 사로잡을 수 있도록 빈틈없이 짜여있어야 한다.

유아동화의 특징에 대하여

유아동화는 주제가 뚜렷하고 구성이 쉬워야 한다, 어린이들은 동물과 식물에 흥미를 가지고 있어서 동식물을 사람처럼 그린 형식으로 많이 쓴다. 어린이들은 병아리나 강아지는 물론이고 풀이나 나무까지 사람과 같은 인격체로 알고 있다. 얘기가 활발하고 빨리 펼쳐져야 하는 것이 특징이다.

문장은 길이가 짧고 가락이 있는 것이 좋다. 복잡한 구성과 문장표현은 절대로 삼가야 한다.

방정환 동요

방정환은 많지 않은 동요를 남겼지만 그의 동요는 동심이
란 것을 덮어놓고 예찬만 하는 동요들과는 전혀 다른 세계에
서 발상된 것이다. 어느 것을 보아도 어린이들을 장난감으로
귀엽게만 본 것이 아니다. 외적에 짓밟힌 식민지 어린이들의
운명을 스스로의 운명으로 자각한 곳에 그의 동요의 혼이 있
었던 것이다. 그 암담하던 시대에 스스로의 모습을 슬픈 노래
로 부를 수 있게 한 그의 동요는 얼마나 큰 위안과 기쁨을 이
땅의 어린이들에게 주었던 것인가?

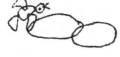

5

교사와
부모님들에게

¹⁴¹ 교육의 근본에 대하여

모든 교육의 근본은 사람이 자기 생명을 지켜갈 수 있는 힘과 슬기를 가지도록 하는 것이다. 자기 목숨을 위태롭게 하는 짓을 흔히 하도록 버려두는 것은 사람이 할 일을 가르치지 않는 것이요, 참된 자유와 창조의 삶을 살아가지 못하게 하는 것이다.

교육이란 무엇인가?

교육이란 무엇인가 하고 물었을 때, 여러 가지 복잡한 말로 대답할 수 있겠습니다만, 저는 아주 쉽게 '몸과 마음이 튼튼한 사람으로 키워가는 일'이라고 말하고 싶습니다. 그러면 어떤 사람이 '몸과 마음이 튼튼한 사람'일까요?

첫째는 몸에 병이 없는 사람입니다.

둘째는 사람을 슬기롭게 하는 지식을 가진 사람입니다.

셋째는 사람다운 넉넉한 감정을 가진 사람입니다.

넷째는 도덕성을 가지고 행동하는 사람입니다.

일하기 교육

  학교교육의 가장 중요한 목표의 하나로 설정되어야 할 것
이, 일하기를 즐기면서 살아가는 사람이 되도록 하는 것이다.
그리고 모든 교육의 과정은 될 수 있는 대로 일을 하게 함으
로써 그 학습의 목표를 달성할 수 있도록 함이 바람직하다.
일하기는 교육의 목표요 수단이요, 교육과정의 핵심이 되어
야 한다고 믿는다.

우리가 참교육자 노릇을 하자면 두 가지 정신이 절대 필요
합니다. 비판정신과 희생정신―이것입니다. 비판정신은 어떠
한 희생도 감수할 수 있는 철학을 확립시켜줍니다. 그런데 희
생이라지만 잘 생각해보면 사실 그것은 크나큰 영광입니다.
마지막으로 분단시대의 우리 교육은 평화를 위한 교육이 되
어야 하고, 삶을 창조하는 예능 교육을 중시해야 하고, 일하
는 것의 귀함을 가르치는 교육이 돼야 한다고 또 한 번 주장
하고 싶어요.

누가 아이들을 죄인으로 만드는가

우리가 사는 이 사회에서 죄를 짓는 아이는 집이 가난한 아이들뿐 아니다. 재산이 넉넉하고 부모의 사회자리가 높을수록 범죄를 저지르는 아이들이 많다는 사실을 신문보도만으로도 잘 알 수 있다. 결국 범죄의 가장 큰 뿌리는 돈과 물질을 공정하게 나눠 가지지 못하는 데 있는 것이 너무나 환하다. 그리고 이런 사회를 만든 책임이 국민 한 사람 한 사람에게 다 있고, 모든 어른들은 불행한 아이들에 대해 공범자란 생각을 해야 된다고 본다.

교육자와 장사꾼의 다른 점

　　교육자와 장사꾼의 다른 점은 세속적이고 물질적인 희생을
즐겨 견디는 것을 영광으로 생각하는 점이다. 이 영광은 현실
에 대한 정직한 비판 정신을 갖는 사람만이 누릴 수 있는 특
권이다. 비판 정신은 교육자에게 철학을 주고, 이 철학이 바탕
이 되어 온갖 괴로움을 웃음으로 이겨내도록 하는 믿음을 줄
것이다. 철학이 없이는 아무리 입신 영달을 하더라도 장사꾼
노릇밖에 할 수 없는 것이 우리가 살고 있는 이 시대의 상황
이다.

그래도 믿어야 합니다

교사들을 믿지 못하는 곳에 교육은 이뤄질 수 없다. 원인은 달리 있으니 교사들이 오염되어있다 하더라도 일단 믿고 맡기는 수밖에 없다. 부작용이 어느 정도 다시 나타날 것도 예상해야 한다. 그렇다고 그것을 제발 좀 또 종전과 같이 일률적으로 규제하지 말아주었으면 싶다. 교육은 지시와 명령으로 되는 것이 아니다. 흐려진 강물이 하루아침에 맑아질 수 없는 이치와 같다. 참고 기다려야 한다. 믿지 못하고 행정으로 간섭하면 음성화해서 더욱 좋지 못한 결과를 가져올 것이 너무나 확실하다.

어린이를 내려다보지 마세요

어떤 교육자라도 자기가 아이들 앞에서 스승이라고 높은 자세로 서서 내려다보아서는 안 된다. 모두가 학생이고 어린 아이가 되어 이제부터 민주주의를 아이들과 함께 배운다는 몸가짐을 잠시도 잊어서는 안 된다.

민주주의의 씨앗은 교실에 심어야 한다

나는 민주주의가 이 땅에 뿌리내리지 못하는 가장 큰 원인이 교육에 있다고 본다. 아이들 교육한다는 것이 군대식 훈련이 되어있고, 민주주의를 용납하지 않는 생각과 느낌을 가지도록 하고 행동을 하도록 키우고 있는데 어떻게 민주사회가 되겠는가? 이것은 마치 씨를 뿌리지 않고 싹이 터나기를 기다리고 열매가 맺기를 바라는 것과 조금도 다름이 없다.

민주의 삶은 '함께 살아가기'다. 지금까지의 교육은 국토와 민족뿐 아니라 한 사람 한 사람을 갈라놓고 서로 미워하고 적이 되도록 하는 분단 교육이었다. 남이야 어찌 되든 나 혼자 잘살면 그만이라는 생각을 갖게 하는 비인간적 반민주 교육이었다. 이런 교육을 깨끗이 청산하고, 이런 교육으로 입은 해독을 풀어서 사람의 마음을 자유롭게 하고, 함께 살아가는 마음을 기르지 않으면 우리는 살아갈 수 없게 되어있다.

교육이라는 폭력

아이들에게 맹목적인 베껴 쓰기나 흉내 내기를 강요하는 짓은 아이들의 삶을 빼앗고, 뻗어나는 재능과 창조력을 짓밟는 폭행이요, 교육의 이름으로 감행하는 아이들의 인권유린이라 보아야 한다.

참된 교육＝학교 교육＋부모 교육

부모들이 자녀 교육을 학교에만 맡기는 것은 참다운 교육
을 포기하는 것이다. 부모들은 적어도 자녀 교육의 반을 나눠
맡지 않으면 안 된다. 그 반은 무엇인가? 사람을 사람답게 기
르는 일, 곧 정서와 덕성과 행동을 가꾸는 일이다.

교원 = 노동자

   '교원=노동자'라는 말을 받아들이지 않는 사람은 노동이라는 말의 참뜻을 알지 못하기 때문이다. 노동이란 공부를 못해 무식한 사람, 머리가 똑똑하지 못한 사람이나 어쩔 수 없이 하는 것이란 생각이 마음 깊이 박혀있기 때문이다. 만일 노동이 인간과 역사를 만들어내고 문화를 창조하는 위대한 행위라는 것, 그래서 그것은 자본주의 국가든지 공산주의 국가든지 모든 나라 사람들이 누구나 해야 하는 인간의 권리요, 의무라는 것을 깨닫는다면 노동자라고 할 때 오히려 영광스럽게 여길 수 있을 것이다.

교육은 마라톤이다

아이들 학교 공부는 100미터 거리를 잠깐 사이에 죽자 살
자 달리는 경주가 아니고 아주 먼 길을 오랫동안 달리는 경주
입니다. 운동회 때 운동장을 열 바퀴 도는 경주를 생각해보
십시오. 처음부터 힘을 내어 마구 달려가는 사람은 틀림없이
꼴찌가 되거나 몇 바퀴 돌지도 못하고 그만 떨어져 나갑니다.
아이들 공부도 꼭 이와 같습니다. 학교 공부뿐 아니고 우리들
인생 경주가 이렇지요. 교육에서 눈앞 일에 정신이 팔리는 것
처럼 어리석은 일은 없습니다.

공부에 갇혀버린 아이들

　지금 우리 아이들은 날마다 아침부터 밤까지 방 안에 갇혀 책을 읽고 쓰고 외우는 것을 공부라고 하고 있다. 머릿속에 온갖 잡동사니 지식을 쑤셔 넣는 비참한 공부를 죽기 살기로 하느라고 그 몸과 마음이 다 망가지고 비틀어지고 있다. 날마다 등에 지고 어깨에 메고 다니는 책은 아이들을 짓누르는 짐이 될 뿐 아니라 아이들을 절대로 지배하는 우상이 되었다. 이 우상은 아이들을 꽉 붙잡고 놓아주지 않는다. 아이들을 그 속에 가두어놓고서 숨을 쉬지 못하게 하고, 앞을 못 보게 하고, 귀를 막아 온갖 아름다운 자연의 소리를 못 듣게 한다.

156 "알았지?"

수업 시간에 교사가 교단에서 무슨 공부할 거리를 말해놓고는 마지막에 가서 "알았지?" 하면 으레 아이들은 "예!" 하고 소리를 모아 합창한다. 그러면 교사는 자기가 말한 것이 죄다 아이들에게 이해가 되고 전달이 되었다고 스스로 만족하는 것이다.

아이들을 가지고 멋대로 노는 교사들, 아이들을 제대로 보지 못하고 자기 중심이 되어 그야말로 '수업'이란 것을 하는 교사들, 일제시대부터 이어져 내려온 군대식 교육밖에 모르는 교사들이 언제나 버릇처럼 아이들 앞에서 친절한 척하면서 토해내는 말 "알았지?"는, 이제 우리 온 국민의 머릿속에 몸속에 파고들어 가, 아이들이 저희들끼리 하는 말에도 예사로 튀어나오게 되었다.

제멋대로 되어버린 아이들

요즘 부모들, 더구나 어머니들은 아이들을 너무 제멋대로 아무 데서나 뛰어다니도록 하면서 조금도 아이들에게 남을 생각하게 하는 행동을 가르칠 줄 모르는 것이 내가 보기로는 더 큰 문제다. 아이들 위한다고 무엇이든지 제멋대로 하는 대로 버려두고, 제 할 일을 하지도 않고, 남의 집에 가서도 함부로 떠들고, 뛰어다니도록 내버려두고, 그렇게 하는 것이 아이들 위하는 것이라 생각하는 어머니들이 거의 전부가 아닌가 싶다.

자기밖에 모르는 어른들

우리나라 부모들 교육열이 별나다고 소문이 나있지만, 정작 사람이 되게 하는 참된 교육은 어느 후진국에조차도 따라갈 수 없을 만큼 뒤떨어져 있고, 아예 하지 않고 있으니, 이래 가지고 앞날이 어떻게 될까? 지금 우리 어른들은 민주주의를 한다고 온갖 운동을 벌이고, 온갖 분야에서 나라와 사회를 위해 일한다고 하지만, 잘 살펴보면 거의 모두가 자기 중심으로, 자기가 들어있는 모둠의 이익만을 위해 행동하고 있다. 모든 모둠 운동이 그렇고, 지방자치가 그렇고, 국회가 그렇고, 행정이 그렇고, 정당은 말할 것도 없고, 남북통일 문제까지도 그렇게 되어있다. 그런데 앞으로 이 아이들-이렇게 남은 모르고 자기만 알고 설치도록 해서 키워놓은 이 아이들이 어른이 되면, 지금의 어른들보다 더 한층 자기 중심으로 살아갈 것 아닌가. 틀림없이 그렇게 될 것 같아 절망스럽다.

교육을 바로잡자!

우리 사회가 얼마나 비참한가? 이렇게 된 까닭은 교육을 잘못했기 때문이다. 지난 반세기 동안 사람답게 살아가도록 하는 교육은 하지 않고, 수단과 방법을 가리지 않고 점수 많이 따서 남의 위에 올라서도록 하는 교육, 자기만 생각해서 살아가도록 하는 교육을 해왔기 때문이다. 교육을 바로잡지 않고는 우리 사회가 절대로 바로 될 수 없다.

제발 아이들을 믿으세요

　우리 교육의 모든 병폐와 광증은 아이들을 믿지 못하는 데
서 생겨났다. 아이들은 매를 들고 길들여야 사람이 된다는 무
지몽매한 교육철학이 그 옛날 서당에서 한문을 가르치는 것
을 교육이라고 할 때부터 우리 어른들의 머리를 지배해왔는
데, 오늘날에도 조금도 다름없이 이런 야만적인 교육이 학교
는 물론이고 가정에까지 온 나라를 휩쓸고 있으니, 이래서야
어떻게 나라를 살리겠는가? 아이들만이 오직 하나밖에 남지
않은 이 나라 이 겨레의 희망인데, 그 희망을 모든 어른들이
짓밟고 있으니 이래 가지고 어찌 되겠는가?

체벌의 문제

아이들 교육하는 자리에는 반드시 매가 있어야 하는가? 그리고 아이들끼리 꼭 다투도록 해야만 교육이 되는가? 물론 아니다. 나는 지금까지 이 문제에 대한 의견을 여러 모양으로 말했다고 생각한다. 다만 여기서는 또 다른 각도에서 이 체벌의 문제, 경쟁교육의 문제를 생각해보려고 한다. 그것은 우리 아이들 교육을 우리말과 우리글로 하지 않기 때문에, 아이들 말과 아이들 말로 된 글로 하지 않기 때문에 아이들을 억누르고 지배하고 채찍질하는 교육방법을 쓰게 된다는 것이다.

내가 하고 싶은 말을 요약하면 교사들이 제발 선생님이란 틀 속에 갇혀있지 말라는 것이다. 길이 들여진 버릇, 길이 들여진 말과 행동, 거기서 빠져나와서 살아있는 아이들을 보고 살아있는 말을 할 수 있어야 비로소 사람의 자식을 키우는 교육이 된다는 것이다. 교육자는 교육자다워야지 어디 노동자가 될 수 있는가-바로 이런 말에 함정이 있다. 교육자답지 않고 오히려 노동자같이 되는 것이 바람직하다. 깨끗한 신사 숙녀복을 벗어던지고 노동자들이 입는 잠바 차림으로 아이들 앞에 나가야 그 아이들이 선생님 품으로 들어온다. 그래야 아이들과 같이 뛰고 뒹굴게 되고, 참교육을 할 수 있다. 무엇이든지 '-답다' '-답게 된다'는 것이 좋지 않다. 오히려 '답지 않게' 되어야 한다.

아이들을 지키는 일

아이들을 지키는 일은 학교의 현장에서 아이들을 비인간으로 다루거나, 아이들에게 거짓을 강요하는 온갖 행정의 지시와 함께, 타락한 입신양명의 장삿속 교육에 대한 유혹과도 싸워야 한다. 이것은 학교 밖에서 직접 정치권력을 상대로 교육자의 권리를 주장하고 탄압을 규탄하는 싸움에 비해 결코 가볍게 볼 수 없다. 오히려 아이들과 함께 괴로워하고 고난을 당하는 교단의 일이 더 본질이라고 말할 수 있다.

교육은 싸움이다

　돈 봉투 주고받는 일은 어떤 변명으로도 미화될 수 없는 반교육자적 행위로 봐야 합니다. 참된 교육자가 될 사람은 이 문제도 싸워서 이기지 않으면 안 됩니다. 타락한 선배들과 싸우고, 학부모들과 싸우고, 자기 자신과 싸우고, 이래서 교육은 싸움이라 할 수 있습니다.

스승의 길은 고난의 길

교육자는 돈과 지위에 매이지 말아야지요. 도시에 나가고 싶어 하고, 큰 학교에 영전하고 싶어 하고, 부장 교사·교감이 되고 싶어 하면 아이들을 등지게 되고 교육자는 안 되고 맙니다. 스승의 길은 고난의 길입니다. 그러나 고난의 길을 가는 사람만이 저질 장사꾼이 되지 않고, 겨레의 영광스런 스승이 될 수 있습니다. 돈과 지위에 정신이 팔리지 않고, 양심을 거스르지 않고, 다만 아이들 속에서 아이들과 함께 살아가는 사람만이 밤하늘의 별 같은 스승의 존재가 될 수 있습니다.

용서받을 수 없는 죄

　잘못된 교과서를 만들어낸 사람만큼 큰 죄를 저지르는 사람이 없다. 그리고, 그런 교과서를 비판하지도 못하게 하고, 교과서와 지시하는 것밖에는 다른 것을 가르치지 못하게 하는 사람들, 또 그런 반민주 반생명 교육에 그대로 따라가는 수밖에 없다고 하여 아이들 들볶는 짓을 오직 한 가지, 교사나 부모가 보여주어야 할 교육열이라 알고 있는 어른들의 죄도 절대로 용서받을 수 없다. 그 까닭은, 사람이 어린 시절에 길들여놓은 몸짓과 마음가짐은 평생 달라질 수 없기 때문이다. 세 살 버릇 여든까지 간다는 말은 우리 선조들이 깨달은 오랜 세월 바뀔 수 없는 교육의 진리다.

교육자에게 계급은 필요 없다

　교육자란 무엇인가? 교육자에게 계급을 만들어서는 안 된다. 교육자는 교육자일 뿐이다. 평생을 아이들과 같이 살아갈 것을 즐겁게 여기고 보람으로 생각하는 사람이 아니면 교육자가 될 자격이 없다. 교장이라 해서 행정명령만 내리고, 교사들을 감시 감독만 하는 사람이 자신을 교육자라고 생각한다면 착각도 이만저만이 아니다. 그런 사람을 부를 때는 '교육자' 앞에 '반' 자를 붙여야 딱 알맞다. 비참한 반교육자들!

참 서글픈 일입니다

　

우리 아이들은 모두가 돈벌이에 눈이 뒤집힌 어른들의 돈
벌이 대상이 되어있습니다. 온갖 장사꾼들이 교육의 이름으
로 아이들을 괴롭히고, 속이고, 위협합니다. 이제 아이들은 그
들만이 갖는 마음의 세계가 없어지고, 아주 괴상하고 서글픈
어른이 되어가고 있습니다. 아이들은 무엇이 아름답고 무엇이
추한 것인지 모르게 되었고, 무엇이 참된 것이고 무엇이 거짓
스러운 것인지 알지 못하게 되었습니다.

아이들을 살리는 민주 교육

지금까지는 교육자들이 아이들을 미숙하고 미개한 인간, 덜된 인간으로 보고 이 아이들을 닦달하고 채찍질해서 훈련시켜야 옳은 사람이 된다고 보았습니다. 이것은 인간을 노예로 만드는 독재정치의 교육관이요 아동관입니다. 이런 관점에서 하여온 지식주입 교육, 생활선도 교육, 정신훈련 교육이 아이들의 개성과 재능을 죽여버렸다는 사실을 우리는 잘 알고 있습니다. 아이들을 살리는 민주 교육은 아이들을 믿지 않고는 할 수 없습니다. 아이들의 착함과 참됨, 그 한없는 가능성을 믿고 그것을 다치지 않도록 하고, 고이 자라날 수 있게 지켜주고 도와주는 것이 민주 교육을 하는 교사들의 기본 태도가 되어야 합니다.

살인 교육

　오늘날 우리가 하고 있는 교육은 한치도 어긋남이 없이 살인 교육이다. 남이야 어찌 되든 내 자식만 닦달해서 죽자 살자 점수 올려 좋은 학교에 보내면 그만이다. 내가 맡은 아이들만 성적을 올려 내 잇속이나 차리고 편리하게 살면 그만이다―이런 태도가 아이들의 생명을 학살하는 범죄행위가 되는 것이다.

어린이를 이용하지 말아주세요

지금까지 어른들은 아이들을 자기들에 딸린 부속물로 여겼다. 그래서 어른들 욕망대로 아이들을 가르치고 훈련하고 끌어가고 하였다. 부모들은 자식들에게 효도를 하라고 요구했다. 교육자들은 아이들이란 때리고 족쳐야 성적을 올릴 수 있다고 생각했다. 정치인들은 정권을 오래 유지하는 수단으로 아이들을 이용했고, 행정관리들은 행정 실적을 자랑해 보이고 꾸며 보이는 방편으로 보았다. 문인들은 아이들을 장난감으로 여겨서 글을 쓰고, 상인들은 돈벌이 대상으로 여겼다. 우리나라 어른들이 이와 같은 태도로 아이들을 보았기에 그토록 어처구니없는 사람 잡는 교육이 태연하게 제도로 굳어 아이들이 여기저기 자살을 하거나 말거나 눈 하나 깜빡하지 않고 그 실적을 자랑하면서 진행되었던 것이다.

교육은 주고받는 것이다

어른들이 아이들에게 가르쳐줄 수 있는 것이 무엇인가? 가
르쳐줄 것이 있다면, 그렇게 가르쳐주는 것보다 훨씬 더 크고
많은 것을 그 아이들한테서 배워야 하는 것 아닌가? 아이들
한테 배우는 것이 없는 사람은 그 아이들에게 가르치는 것도
있을 수 없다. 교육은 어디까지나 주고받는 것이다. 아이들한
테서 배우지는 않고 가르치기만 하는 사람은 그 가르친다는
것이 죄다 거짓이요, 아이들을 병들게 하는 억지 가르침이다.

미친 교육

가장 서두를 것이 아이들 창조성을 죽이고 있는 교과서를 고치는 일이다. 그리고 교과서에만 매달려 읽고 쓰고 외우고 하는 이 미친 교육을 뜯어고치는 일이고, 군대식 획일 교육, 지시 명령만 하는 억압 교육에서 아이들 생명을 해방하는 사람 교육으로 길을 바꾸는 일이다.

잘못된 명령에 따르지 않게 가르쳐야

비록 선생님 명령일지라도 분명히 잘못되었다면 무조건 명
령에 따라서는 안 된다는 것을 부모들이나 선생님 자신이 가
르쳐주어야 한다고 생각한다. 그렇지 않고서는 아이들 마음
과 건강을 지켜 나갈 수 없는 것이 오늘날 우리가 살고 있는
사회로 되고 있다.

좁고 외로운 교육자의 길

교육 현장에 나가면 온갖 제약이 있고 구속이 있고 걸림돌이 가로막아 사람 교육을 방해합니다. 사람 교육이 아닌 '반사람' 교육은 넓고 탄탄한 길, 모두가 가는 쉽고 편한 길입니다. 그러나 참사람을 기르는 사람 교육은 좁은 길, 외로운 길입니다. 모두가 꺼려하는 가시밭길입니다. 교육의 길이 이렇게 어렵습니다. 교육자가 그야말로 참교육자로 살아가려면 그는 오직 아이들만 바라보아야 합니다. 아이들 위해 살아야 합니다. 어떤 어른들, 높은 어른들이고 낮은 어른들이고 부모들이고 이 어른들 눈치 보면서 교육해서는 안 됩니다.

학부모는 교육자 다음으로 아이들을 해치는 공범자다. 그 비참한 점수 따기 학습은 가정에 가서도 부모들 때문에 이어진다. 부모들은 아이들을 학원으로 내쫓고, 숙제를 독촉한다. 시험 점수를 확인하고는 아이들을 족친다. 참으로 무지한 이 나라 부모들은 이것을 교육으로 알고 있는 것이다. 이래서 숨 쉴 하늘을 잃은 아이들은 여기저기서 자살한다.

아이들을 믿으세요.

　교육 목표를 찾을 때, 교육 방침을 세울 때, 교육 방법을 생각할 때, 그리고 교육을 실천할 때 아이들을 믿지 않으면 그 모든 것이 거짓이 된다. 그 모든 것이 아이들의 천품과 재능과 개성을 살리는 것이 아니라 죽이는 노릇을 한다. 거꾸로 아이들을 믿으면 모든 교육 활동이 살아난다. 그리고 이런 활동을 하는 교사도 즐겁다. 훌륭한 교육 방법을 창조하는 슬기도 저절로 얻게 된다.

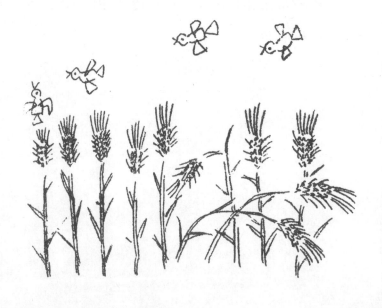

이 책은 이오덕 선생님 11주기를 추모하는 마음으로 선생님이 쓰신 책에서 교사와 학부모를 비롯한 어른들이 마음에 새겨두면 좋겠다 싶은 글을 골라서 펴내는 것입니다.

2003년, 선생님이 돌아가신 뒤에 석사논문으로 「이오덕 삶과 교육사상」, 박사논문으로 「이오덕 어린이문학론」을 쓰면서, 이오덕 선생님이 남겨주신 책을 읽고 또 읽으면서 논문에 인용할 글을 골랐습니다. 그런데 제 기억력이 좋지 않아서인지 골라놓은 글을 자꾸 잊었습니다. 그래서 다시 읽을 때마다 마치 새로운 글을 읽는 것처럼 마음을 치고 생각을 열어주더군요. 문득 '다른 교사나 부모들도 비슷하지 않을까?' 하는 생각이 들었습니다. 선생님이 남기신 좋은 말씀을 간추려놓으면 책상 옆에 놓아두고 펴보기가 훨씬 쉽지 않을까? 손에 들고 다니며 시집처럼 읽을 수 있지 않을까? 그때마다 흐려지는

생각을 깨치게 하고, 마음에 새기는 데 조금이라도 더 도움이
되지 않을까?

　이 책은 흔히 말하는 '어록(語錄)'입니다. 그런데 '이오덕 어
록'으로 하기에는 마음이 불편했습니다. 더 알맞은 말이 없을
까 궁리한 끝에 '말꽃'이 가장 좋겠다는 생각이 들었습니다.
이오덕 선생님 말씀 가운데서 꽃처럼 돋보이는 말씀을 간추
려놓았다는 뜻입니다. 이런 뜻으로 '이오덕 말꽃'이라고 이름
짓게 되었습니다. 여기에 실은 글은 제가 석사와 박사 논문을
쓰느라고 모았던 글보다는 여러 사람들이 골라준 글을 중심
으로 실었습니다. 제가 고른 글은 『이오덕, 아이들을 살려야
한다』에 모두 인용되어있기 때문입니다. 이오덕 선생님 책을
읽고 여러 사람이 함께 두고두고 보면 좋겠다 싶은 글을 골라
달라고 부탁해서 받은 글들입니다.

이 책을 낼 수 있도록 허락해주신 이정우(맏아드님) 님과 글 뽑는 걸 도와준 초원봉사회 김은영과 이슬기, 어려운 시기에 선뜻 출판을 맡아준 단비 출판사를 비롯해 도와주신 여러분 모두 고맙습니다.

이 말꽃모음이 이오덕 선생님 책을 많이 읽은 분들한테는 되새김하는 책이 되고, 이오덕 선생님 책을 읽지 못하신 분들한테는 이오덕 선생님 책으로 안내하는 책이 되기를 바랍니다. 아니 이 책에 실은 이오덕 말꽃이 온 세상 두루두루 퍼져서 담벼락 돌 틈에서도 자라는 민들레처럼 아름다운 말꽃으로 피어나기를 소망합니다.

2014년 7월

이주영

색인

1. 『교사와 학부모님께 드리는 글』 / 고인돌 / 2011. 291쪽
2. 『교사와 학부모님께 드리는 글』 / 고인돌 / 2011. 292쪽
3. 『민주교육으로 가는 길』 / 고인돌 / 2010. 40쪽
4. 『어머니들에게 드리는 글』 / 고인돌 / 2010. 102쪽
5. 『동화를 어떻게 쓸 것인가』 / 삼인 / 2011. 196쪽
6. 『어머니들에게 드리는 글』 / 고인돌 / 2010. 76쪽
7. 『어머니들에게 드리는 글』 / 고인돌 / 2010. 16쪽
8. 『어머니들에게 드리는 글』 / 고인돌 / 2010. 15쪽
9. 『동화를 어떻게 쓸 것인가』 / 삼인 / 2011. 194~195쪽
10. 『교사와 학부모님께 드리는 글』 / 고인돌 / 2011. 88~89쪽
11. 『민주교육으로 가는 길』 / 고인돌 / 2010. 44쪽
12. 『민주교육으로 가는 길』 / 고인돌 / 2010. 35쪽
13. 『민주교육으로 가는 길』 / 고인돌 / 2010. 95쪽
14. 『어린이 시 이야기 열두마당』 / 지식산업사 / 2008. 78쪽
15. 『내가 무슨 선생 노릇을 했다고』 / 삼인 / 2011. 51쪽
16. 『아이들에게 배워야 한다』 / 도서출판 길 / 2006. 19~20쪽
17. 『교사와 학부모님께 드리는 글』 / 고인돌 / 2011. 148쪽
18. 『민주교육으로 가는 길』 / 고인돌 / 2010. 224쪽
19. 『와아, 쓸 거리도 많네』 / 지식산업사 / 2003. 84쪽
20. 『이오덕 글 이야기』 / 산하 / 2008. 190쪽
21. 『우리 모두 시를 써요』 / 지식산업사 / 2011. 38쪽
22. 『글쓰기 어떻게 가르칠까』 / 보리 / 2011. 70쪽
23. 『글쓰기 어떻게 가르칠까』 / 보리 / 2011. 73쪽

24. 『내가 무슨 선생 노릇을 했다고』 / 삼인 / 2011. 99쪽

25. 『내가 무슨 선생 노릇을 했다고』 / 삼인 / 2011. 307쪽

26. 『글쓰기 어떻게 가르칠까』 / 보리 / 2011. 22~23쪽

27. 『내가 무슨 선생 노릇을 했다고』 / 삼인 / 2011. 227쪽

28. 『내가 무슨 선생 노릇을 했다고』 / 삼인 / 2011. 162~163쪽

29. 『내가 무슨 선생 노릇을 했다고』 / 삼인 / 2011. 34쪽

30. 『내가 무슨 선생 노릇을 했다고』 / 삼인 / 2011. 64쪽

31. 『어린이를 살리는 글쓰기』 / 우리교육 / 2008. 91쪽

32. 『무엇을 어떻게 쓸까』 / 보리 / 2012. 108쪽

33. 『민주교육으로 가는 길』 / 고인돌 / 2010. 334쪽

34. 『아이들에게 배워야 한다』 / 도서출판 길 / 2006. 41쪽

35. 『동화를 어떻게 쓸 것인가』 / 삼인 / 2011. 19쪽

36. 『어머니들에게 드리는 글』 / 고인돌 / 2010. 54쪽

37. 『어린이 시 이야기 열두마당』 / 지식산업사 / 2008. 6. 152쪽

38. 『어머니들에게 드리는 글』 / 고인돌 / 2010. 52쪽

39. 『내가 무슨 선생 노릇을 했다고』 / 삼인 / 2011. 18쪽

40. 『어린이를 살리는 문학』 / 청년사 / 2008. 57쪽

41. 『어린이를 살리는 문학』 / 청년사 / 2008. 55쪽

42. 『어린이를 살리는 문학』 / 청년사 / 2008. 16~17쪽

43. 『교사와 학부모님께 드리는 글』 / 고인돌 / 2011. 206~207쪽

44. 『내가 무슨 선생 노릇을 했다고』 / 삼인 / 2011. 155쪽

45. 『어머니들에게 드리는 글』 / 고인돌 / 2010. 171쪽

46. 『교사와 학부모님께 드리는 글』 / 고인돌 / 2011. 207쪽

47. 『내가 무슨 선생 노릇을 했다고』 / 삼인 / 2011. 27~28쪽

48. 『우리글 바로쓰기 3』 / 한길사 / 2009. 260쪽

49. 『동화를 어떻게 쓸 것인가』 / 삼인 / 2011. 207쪽

50. 『내가 무슨 선생 노릇을 했다고』 / 삼인 / 2011. 42~43쪽

51. 『어린이를 살리는 문학』 / 청년사 / 2008. 69~70쪽

52. 『어린이를 살리는 문학』 / 청년사 / 2008. 368쪽

53. 『글쓰기 어떻게 가르칠까』 / 보리 / 2011. 345쪽

54. 『어린이를 살리는 문학』 / 청년사 / 2008. 273쪽

55. 『민주교육으로 가는 길』 / 고인돌 / 2010. 282쪽

56. 『민주교육으로 가는 길』/ 고인돌 / 2010. 15쪽

57. 『우리글 바로쓰기 1』/ 한길사 / 2010. 350쪽

58. 『어머니들에게 드리는 글』/ 고인돌 / 2010. 137쪽

59. 『어머니들에게 드리는 글』/ 고인돌 / 2010. 154쪽

60. 『어머니들에게 드리는 글』/ 고인돌 / 2010. 158쪽

61. 『삶을 가꾸는 어린이문학』/ 고인돌 / 2010. 102쪽

62. 『글쓰기 교육 이론과 방법』/ 고인돌 / 2012. 320쪽

63. 『글쓰기 어떻게 가르칠까』/ 보리 / 2011. 62~63쪽

64. 『어린이 시 이야기 열두마당』/ 지식산업사 / 2008. 174쪽

65. 『교사와 학부모님께 드리는 글』/ 고인돌 / 2011. 44쪽

66. 『삶을 가꾸는 글쓰기 교육』/ 보리 / 2012. 37쪽

67. 『삶을 가꾸는 글쓰기 교육』/ 보리 / 2012. 274쪽

68. 『삶을 가꾸는 글쓰기 교육』/ 보리 / 2012. 18쪽

69. 『민주교육으로 가는 길』/ 고인돌 / 2010. 137~138쪽

70. 『아이들에게 배워야 한다』/ 도서출판 길 / 2006. 84~85쪽

71. 『아이들에게 배워야 한다』/ 도서출판 길 / 2006. 101쪽

72. 『교사와 학부모님께 드리는 글』/ 고인돌 / 2011. 150쪽

73. 『민주교육으로 가는 길』/ 고인돌 / 2010. 166쪽

74. 『민주교육으로 가는 길』/ 고인돌 / 2010. 72쪽

75. 『민주교육으로 가는 길』/ 고인돌 / 2010. 263쪽

76. 『아이들에게 배워야 한다』/ 도서출판 길 / 2006. 99쪽

77. 『글쓰기 교육 이론과 방법』/ 고인돌 / 2012. 53~54쪽

78. 『우리글 바로쓰기 1』/ 한길사 / 2010. 38쪽

79. 『어머니들에게 드리는 글』/ 고인돌 / 2010. 60쪽

80. 『글쓰기 교육 이론과 방법』/ 고인돌 / 2012. 16쪽

81. 『우리글 바로쓰기 5』/ 한길사 / 2009. 219쪽

82. 『우리글 바로쓰기 1』/ 한길사 / 2010. 349쪽

83. 『글쓰기 어떻게 가르칠까』/ 보리 / 2011. 100쪽

84. 『우리 모두 시를 써요』/ 지식산업사 / 2011. 200쪽

85. 『글쓰기 교육 이론과 방법』/ 고인돌 / 2012. 23~24쪽

86. 『글쓰기 어떻게 가르칠까』/ 보리 / 2011. 269~270쪽

87. 『와아, 쓸 거리도 많네』/ 지식산업사 / 2003. 58쪽

88. 『신나는 글쓰기』 / 지식산업사 / 2011. 150쪽

89. 『삶을 가꾸는 글쓰기 교육』 / 보리 / 2012. 213쪽

90. 『우리 말 살려쓰기 하나』 / 아리랑나라 / 2004. 103쪽

91. 『삶과 믿음의 교실』 / 고인돌 / 2012. 426쪽

92. 『우리글 바로쓰기 2』 / 한길사 / 2009. 232쪽

93. 『우리글 바로쓰기 4』 / 한길사 / 2009. 85쪽

94. 『우리 말 살려쓰기 하나』 / 아리랑나라 / 2004. 201쪽

95. 『삶을 가꾸는 어린이문학』 / 고인돌 / 2010. 218쪽

96. 『이오덕 글 이야기』 / 산하 / 2008. 32~33쪽

97. 『우리글 바로쓰기 3』 / 한길사 / 2009. 41쪽

98. 『우리글 바로쓰기 3』 / 한길사 / 2009. 46~47쪽

99. 『우리글 바로쓰기 3』 / 한길사 / 2009. 179쪽

100. 『우리말로 살려놓은 헌법』 / 고인돌 / 2012. 188~189쪽

101. 『우리말로 살려놓은 헌법』 / 고인돌 / 2012. 187~188쪽

102. 『우리말로 살려놓은 헌법』 / 고인돌 / 2012. 187쪽

103. 『아이들에게 배워야 한다』 / 도서출판 길 / 2006. 33쪽

104. 『어린이책 이야기』 / 한길사 / 2007. 29쪽

105. 『우리 말 살려쓰기 하나』 / 아리랑나라 / 2004. 41쪽

106. 『글쓰기교육 이론과 방법』 / 고인돌 / 2012. 109쪽

107. 『어린이를 살리는 문학』 / 청년사 / 2008. 468쪽

108. 『내가 무슨 선생 노릇을 했다고』 / 삼인 / 2011. 24쪽

109. 『어린이를 살리는 문학』 / 청년사 / 2008. 475쪽

110. 『어린이를 살리는 문학』 / 청년사 / 2008. 470쪽

111. 『내가 무슨 선생 노릇을 했다고』 / 삼인 / 2011. 116쪽

112. 『어린이를 살리는 글쓰기』 / 우리교육 / 2008. 171쪽

113. 『삶을 가꾸는 어린이문학』 / 고인돌 / 2010. 268쪽

114. 『우리 말 살려쓰기 하나』 / 아리랑나라 / 2004. 225~226쪽

115. 『어린이를 살리는 문학』 / 청년사 / 2008. 254쪽

116. 『어린이를 살리는 문학』 / 청년사 / 2008. 136쪽

117. 『어린이를 살리는 문학』 / 청년사 / 2008. 12쪽

118. 『어린이를 살리는 문학』 / 청년사 / 2008. 65쪽

119. 『어린이를 살리는 문학』 / 청년사 / 2008. 323쪽

120. 『어린이를 살리는 문학』 / 청년사 / 2008. 123~124쪽

121. 『어린이를 살리는 문학』 / 청년사 / 2008. 74쪽

122. 『동화를 어떻게 쓸 것인가』 / 삼인 / 2011. 77쪽

123. 『동화를 어떻게 쓸 것인가』 / 삼인 / 2011. 217쪽

124. 『삶을 가꾸는 어린이문학』 / 고인돌 / 2010. 209쪽

125. 『삶을 가꾸는 어린이문학』 / 고인돌 / 2010. 176쪽

126. 『동화를 어떻게 쓸 것인가』 / 삼인 / 2011. 15쪽

127. 『삶과 믿음의 교실』 / 고인돌 / 2012. 332쪽

128. 『삶을 가꾸는 어린이문학』 / 고인돌 / 2010. 23쪽

129. 『시정신과 유희정신』 / 창작과 비평사 / 1983. 215쪽

130. 『무엇을 어떻게 쓸까』 / 보리 / 2012. 165쪽

131. 『우리 말 살려쓰기 하나』 / 아리랑나라 / 2004. 197쪽

132. 『글쓰기 교육 이론과 방법』 / 고인돌 / 2012. 374쪽

133. 『시정신과 유희정신』 / 창작과 비평사 / 1983. 230쪽

134. 『우리 모두 시를 써요』 / 지식산업사 / 2011. 22쪽

135. 『동화를 어떻게 쓸 것인가』 / 삼인 / 2011. 80쪽

136. 『동화를 어떻게 쓸 것인가』 / 삼인 / 2011. 118쪽

137. 『어린이를 살리는 문학』 / 청년사 / 2008. 298쪽

138. 『어린이를 살리는 문학』 / 청년사 / 2008. 171쪽

139. 『삶을 가꾸는 어린이문학』 / 고인돌 / 2010. 27쪽

140. 『시정신과 유희정신』 / 창작과 비평사 / 1983. 192쪽

141. 『교사와 학부모님께 드리는 글』 / 고인돌 / 2011. 18쪽

142. 『내가 무슨 선생 노릇을 했다고』 / 삼인 / 2011. 53쪽

143. 『민주교육으로 가는 길』 / 고인돌 / 2010. 230쪽

144. 『교사와 학부모님께 드리는 글』 / 고인돌 / 2011. 172쪽

145. 『교사와 학부모님께 드리는 글』 / 고인돌 / 2011. 124쪽

146. 『삶과 믿음의 교실』 / 고인돌 / 2012. 127쪽

147. 『삶과 믿음의 교실』 / 고인돌 / 2012. 128쪽

148. 『민주교육으로 가는 길』 / 고인돌 / 2010. 16~17쪽

149. 『민주교육으로 가는 길』 / 고인돌 / 2010. 103쪽

150. 『민주교육으로 가는 길』 / 고인돌 / 2010. 106쪽

151. 『민주교육으로 가는 길』 / 고인돌 / 2010. 116쪽

152. 『어머니들에게 드리는 글』 / 고인돌 / 2010. 75쪽

153. 『삶과 믿음의 교실』 / 고인돌 / 2012. 19쪽

154. 『어머니들에게 드리는 글』 / 고인돌 / 2010. 42쪽

155. 『어린이책 이야기』 / 한길사 / 2007. 5쪽

156. 『어린이책 이야기』 / 한길사 / 2007. 103쪽

157. 『어린이책 이야기』 / 한길사 / 2007. 210쪽

158. 『어린이책 이야기』 / 한길사 / 2007. 212쪽

159. 『우리 말 살려쓰기 하나』 / 아리랑나라 / 2004. 69쪽

160. 『아이들에게 배워야 한다』 / 도서출판 길 / 2006. 226쪽

161. 『아이들에게 배워야 한다』 / 도서출판 길 / 2006. 252쪽

162. 『우리글 바로쓰기 1』 / 한길사 / 2010. 268~269쪽

163. 『우리글 바로쓰기 1』 / 한길사 / 2010. 351쪽

164. 『교사와 학부모님께 드리는 글』 / 고인돌 / 2011. 60쪽

165. 『교사와 학부모님께 드리는 글』 / 고인돌 / 2011. 46쪽

166. 『교사와 학부모님께 드리는 글』 / 고인돌 / 2011. 70~71쪽

167. 『교사와 학부모님께 드리는 글』 / 고인돌 / 2011. 196쪽

168. 『교사와 학부모님께 드리는 글』 / 고인돌 / 2011. 222쪽

169. 『민주교육으로 가는 길』 / 고인돌 / 2010. 126~127쪽

170. 『민주교육으로 가는 길』 / 고인돌 / 2010. 253쪽

171. 『민주교육으로 가는 길』 / 고인돌 / 2010. 307쪽

172. 『어머니들에게 드리는 글』 / 고인돌 / 2010. 99쪽

173. 『내가 무슨 선생 노릇을 했다고』 / 삼인 / 2011. 50쪽

174. 『삶을 가꾸는 글쓰기 교육』 / 보리 / 2004. 238쪽

175. 『내가 무슨 선생 노릇을 했다고』 / 삼인 / 2011. 57쪽

176. 『교사와 학부모님께 드리는 글』 / 고인돌 / 2011. 64쪽

177. 『교사와 학부모님께 드리는 글』 / 고인돌 / 2011. 81쪽